U0683089

中国历史故事

上古—西周

云飞扬 主编

吉林出版集团

北方妇女儿童出版社

图书在版编目（CIP）数据

中国历史故事. 上古~西周 / 云飞扬主编. —长春：北方
妇女儿童出版社，2019.4 重印
ISBN 978-7-5385-5727-5

Ⅰ．①中… Ⅱ．①云… Ⅲ．①中国历史－上古~西周
时代－通俗读物 Ⅳ．①K209

中国版本图书馆 CIP 数据核字（2011）第 125130 号

中国历史故事

上古—西周

主　　编	云飞扬
出 版 人	李文学
策　　划	刘　刚
责任编辑	孙　发
开　　本	787mm×1092mm　1/16
字　　数	138 千
印　　张	10
版　　次	2012 年 1 月第 1 版
印　　次	2019 年 4 月第 3 次印刷
出　　版	吉林出版集团　北方妇女儿童出版社
发　　行	北方妇女儿童出版社
地　　址	长春市人民大街 4646 号
	邮编：130021
电　　话	总编办：0431-85644803
	发行科：0431-85640624
网　　址	http://www.bfes.cn
印　　刷	天津海德伟业印务有限公司

ISBN 978-7-5385-5727-5　　　　　定价：29.80 元

版权所有　侵权必究　　举报电话：0431-85644803

前言
▶▶▶ Foreword

历史仿佛是一条璀璨的河流，有令人激动的浪花，也有沉默不语的砂石；历史又好似一部厚重的书，承载着文明，也记录了风雨。翻开历史的画卷，你会惊奇地发现它的丰富、它的绚烂、它的多彩，远比山谷中的彩蝶、天空变幻的浮云要精彩得多。当沧海变成桑田，我们蓦然回首之时，那些曲折离奇的历史事件、波澜壮阔的历史场景，依然清晰可辨。

中国是世界四大文明古国之一，中华文明亦称华夏文明，是世界上最古老的文明之一，中国的历史也是源远流长。本书讲述的是中国历史的开篇，记述了从中华文明的诞生到西周这一阶段的历史。从上古传说中的盘古开天辟地、女娲造人，到尧、舜、禹等贤德圣君治世，以及夏、商、周三朝的繁荣与衰败，人类的历史就是沿着这样的轨迹，被一脉传承下来。其间，有人物故事，有征战，有颠覆，还有灭亡……不可知否，历史的悲歌经常被唱响，但往往因为这样，人类的伟大才恰到好处地被彰显出来。无论是远古人类对自然的征服，还是后世英雄对暴君的反抗，人类的力量永远都是这样的不可估量。

本书运用浅显亲切的故事语言，来讲述历史的演进脉络；用多彩逼真的图片，来再现历史的波澜壮阔。以人为镜，可以明得失；以史为镜，可以知兴替。让我们沿着历史的长河、文明的画卷，从头至尾细细地走上一番，相信你一定获益颇多。

中国历史故事

目录
▶▶▶ Contents

中国历史故事

上古—西周

盘古开天辟地

　　世界上任何一个历史久远的民族，都有其美丽的神话与传说。这些神话作品对这个民族后世的发展有着巨大的影响。如同一种灵魂深深地刻进这个民族的基因之中，深深地影响着这个民族的文学、艺术、生活方式乃至价值观。

　　无疑，中华民族是世界上历史最为久远的民族之一。我们的神话是从盘古开天辟地开始的。亿万年前，一个叫盘古的人牺牲自己，开天辟地，创造了天地万物。

　　在很久很久之前，天与地还没有分开，高山、河流、日月、星辰等也都没有形成，人类生存的世界就好像一个大鸡蛋，处于混沌状态，就在这个"大鸡蛋"中，孕育着开辟天地的英雄——盘古。

　　他像个熟睡的婴儿一样，当他终于醒来睁开眼睛的那一瞬间，时间已经过去了一万八千多年了。

　　他被束缚在这个狭小的空间里，四肢没有办法伸展。他睁开双眼，眼前却是一片黑暗。他感到万分烦恼，索性向身边抓去，正好有一把斧子触到了他的手心。于是他将斧子抓起，使出平生最大的力气向前劈下去。一声巨响，"大鸡蛋"碎了！山崩地裂般声响，响彻了整个世界。他竟然将这个混沌的天地给劈开了！

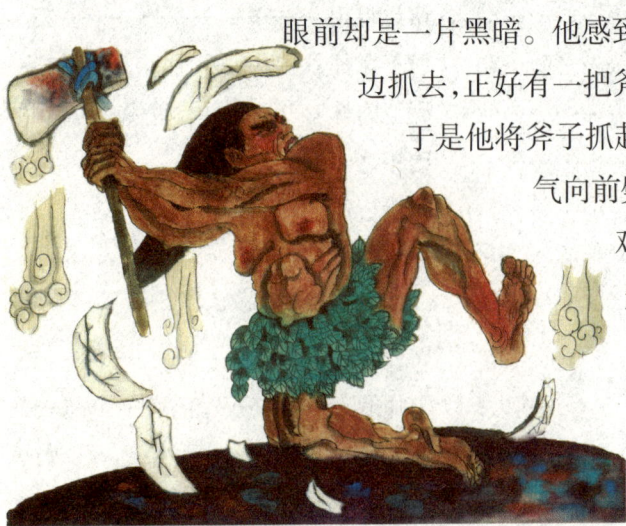

　　"大鸡蛋"中原

本混为一团的东西渐渐分开，从中间分裂出许许多多的物质。也不知道过了多长时间，那些轻而清的东西冉冉上升，升得很高，于是形成了天；而一些浊而重的东西则缓缓下落，落得很低，形成了地。随着天地的分离，宇宙运作起来了，空气开始流动，轻风微微吹拂，盘古也感觉舒服多了。

于是，盘古把盘着的身子伸了伸，蹲着的双脚蹬了蹬，直挺挺地站起来。盘古看到眼前的变化非常高兴，可他害怕天会再掉下来，与地重新合在一起，整个世界又变成一片漆黑，于是用脚蹬着地，用巨大的双手将天托起来，整个身子像柱子一样撑在天与地之间。那些轻而清的东西上升得更快了，地也越变越厚。尤其神奇的是，盘古在自己开辟的天地间也在不停地变化。天每天升高一丈，地每天加厚一丈，盘古的身子就每天增长一丈。

这样，又过了一万八千年，天已升得极高极高，地也变得极厚极厚，天地之间的距离变成了九万里，而盘古的身子也长得极长极长了，于是宇宙就在这个巨人的手中形成了。伟大的盘古由此成为了开天辟地的英雄。

宇宙万物的产生

　　我们生活的宇宙，非常浩瀚，不同的星系，不同的陨石……在不同的星系上会存在不同的物质。而我们生活的蓝色地球，可以说是一个奇迹，这里的文明在不断发展、延伸，这里的世界也是丰富多彩。但在我们中国传统的神话传说中，宇宙的万物到底是怎么产生的呢？

　　当盘古把天与地分开，用自己庞大的身躯挺立在天地之间，可是他也是有血有肉的，有一天，他终于倒下了……

　　盘古为了使天与地彻底分开，他就像一根庞大的柱子，直挺挺地撑在天与地之间。虽然经历了无数的风霜雨雪，但是盘古依然威风凛凛地屹立着，丝毫没有气馁。

　　时间就这么流逝，也不知过了多少年，天地的构造基本稳固下来。盘古看着自己亲手开辟的天和地都长结实了，脸上终于流露出欣慰的微笑。但此时的盘古已经非常非常地累了，于是它就想躺下来稍稍休息一下，谁也没有料到，他这一倒下，就再也没有醒来。

　　但是说来也奇怪，虽然这位巨人倒下了，可是他的躯体却幻化出了无数的生命。在他身体的周围，出现了一片一片美丽而又富饶的土地，宇宙间的万物也奇迹般地产生了。

　　首先盘古的一双眼睛飞上了天空，他的左眼变成了太阳，右眼变成了月亮，他那对世界无比留恋的目光变成了闪电，呼出的最后一口气变成了风云，发出的最后一声吼叫变成了雷霆，手足四肢变成了大地的四极和泰山、华山、衡山、恒山、嵩山等五大名山；而他身体里流淌的血液，则变成了大江大河，筋脉舒展开形成了道路，肌肉变成了肥沃的土地，皮肤和汗毛形成了参差不齐、色彩缤纷、形态各异的花草树木，头发和

胡须变成了满天的繁星，牙齿、骨头和骨髓则成了金属和坚硬的石头，劳动时流的汗水则成了滋润万物的雨露和甘霖。

从此，大地变得欣欣向荣、富有生机，天空也不再是孤孤单单的，因为有了太阳的一升一落，白天，有太阳与天空为伴；到了夜晚，还有月亮陪在天空身边，这样一来，便产生了日夜循环；大地也不再那么孤寂，因为有了大江大河的咆哮奔流，在天地间演奏出抑扬顿挫的乐章；山川林立，花木参差，将世界装扮得无比美丽；在雨露和甘霖的滋润下，宇宙间的万物变得更加清澈明丽；而那些由盘古的牙齿、骨头演化来的各种金属，更成为造福人类的工具。

盘古用自己伟岸的身躯，创造出了一个美丽而富饶的宇宙，万物的产生都源于这位巨人的无私奉献。盘古开天辟地，创造万物的神话故事至今被人们传颂。

女娲造人

盘古牺牲自己为人类创造了一个无比广阔的世界。这时，出现了一位人身蛇尾的美丽女神——女娲，她一人独自走在黄河边，空旷的天地使她感到寂寞。于是，她便用黄河的泥土捏制出了世界上最早的黄种人。

这是世界上比任何有生命之物都卓越的生灵。后来，女娲又以她无比的智慧创造出婚姻制度，使青年男女相互婚配，繁衍后代。从此，世界上也有了主宰万物的生命。

自从盘古开辟了天地，用身躯造出日月星辰、山川草木。那残留在天地间的浊气慢慢化做虫鱼鸟兽，为这死寂的世界增添了生气。

就在这个时候，天地间出现了一位女神，名叫女娲。她长着人的头，蛇的身子，但她的面容十分美丽，走起路来也婀娜多姿。天地刚刚开辟的时候，大地上还没有人类，水草花木也是自然生长，江河湖海随意奔流，世界虽美，但缺少了生机。女娲心想，要是世界上有更多的像我一样的人该多好啊！

可是，怎样才能造出更多的人呢？这个问题困扰了女娲好久好久，女娲也在不断地想啊想啊，还是没有想出很好的办法。一天，她觉得整天闷在屋子里，不但想不出更好的办法，还让自己的情绪很烦闷，于是她就想出去走走，不知不觉她就走到了河边。她走累了，口也渴了，就在河边蹲下来，用手捧水喝。突然，她看到水中自己的影子，心想，我用泥捏一个自己吧！于是，她试着用泥土照着水中的影子捏出一个个小人儿来。她心灵手巧，不一会就做了好多像自己一样的泥人。她刚把小人儿放在地上，小人儿们就立刻活了起来，不但胳膊腿能动，并且还会欢快地奔跑，他们嬉闹着，可爱极了。女娲望着这些小人儿，非常高

兴，她既为自己的创造感到骄傲，也为世界不再沉寂而感到快乐。

女娲捏的第一个小人儿，眨眼之间就长成了美丽的大姑娘，她跳着舞来感谢女娲；第二个小人儿落地后，长成了英俊的小伙子，他来到女娲面前磕头作揖表示感激，然后蹦蹦跳跳地去追那个姑娘了。从此，女娲每天都用黄土抟做人的模样，不停地抟做，每天都有新的人产生。有了人，大地也充满了生机，他们走到哪里，哪里就响起一片笑声。女娲也不孤单了，经常带着小人儿采野果，抓野兽。

世间这么大，女娲觉得做的这些小人还不够，就越做越多，也越来越忙，所以感到非常疲惫，速度也就明显慢了下来。然而，女娲造人的举动不仅感动了风，也感动了太阳，风儿轻轻地吹着为她减轻疲劳，太阳不知疲倦地为她照明。终于，不停地工作让女娲累得实在不行了，于是，在万般疲惫的状态下，她拿来了一条绳子，并将这条绳子伸到泥浆里，又将其抽出来，再举绳在空中一挥，泥点溅落的地方，便又出现了无数个小人儿。

又过了很多年，有一天，女娲非常想念孩子们，就到远处的森林里去看他们。她见孩子们没什么可玩的，只是呆呆地坐在河边，于是制做了葫芦笙一类的乐器给他们玩。从此，人间也有了音乐。

女娲炼石补天

　　作为传说中的中国民族发展的优秀首领，女娲被推为上古的三皇之一，她的英勇事迹充满悲壮色彩。女娲是一位伟大的母亲，她慈祥地创造了人类，又勇敢地炼石补天，使人类免受天灾。她所表现出来的大爱和抗争精神，对后世中国影响极为深远。

　　在女娲补天之后，又有一些神来到了人间，它们开始教给人们一些基本的生活技能，并给人带来了最初的文化，开始了人神共处的时光。

　　女娲的儿女们越来越多，他们在大地上幸福美满地生活着，日子也过得丰富多彩，这种幸福安宁的日子持续了很长一段时间。突然有一天，支撑天空的四根大柱坍塌了下来，宇宙一下陷入了混乱的状态。天空也随之往下坠，露出一个个大窟窿。接着，大地裂开，地面上的东西不断地落入裂开的洞中，山林在雷电的袭击下燃起了大火。同时，从地下涌出的洪水也泛滥开来，那些凶猛的野兽趁机四处吃人。

　　事情还得从头说起。有一年，两个首领——共工和祝融打起来了。话说，这共工和祝融是天帝的臣子，共工是个人身蛇尾的神，掌管天河，祝融则是掌管天火的神。在天界，这两个人就经常针锋相对，大打出手。后来，他们因为滥用神力，被天帝贬到了人间。

　　共工和祝融到了人间，成了人间的两个部落的首领。由于从前结下的仇怨，共工和祝融率领两个部落经常发生大战。这一天，两人打着打着，就来到了不周山下。不周山是擎天柱之一，总是战败的共工感到非常羞辱，心想不如撞倒擎天柱，与祝融同归于尽算了。于是，他用尽全身的力气撞向了不周山。"轰隆隆"的一声巨响中，不周山倒下了，顿时天塌地陷。洪水不断地从地下冒了出来，这也连累得女娲的儿女们

遭了大难。

女娲看到自己的孩子遭此磨难，心里非常难过，她强忍着悲痛，决心要拯救人类。女娲双臂一挥，把被洪水冲走的树木收拢到一起。她又从大江大河里挑选出许多石子，将它们放在特制的火炉里，熔炼成五彩的石浆，然后飞上天，用这些五彩石浆填补天空中的窟窿。女娲熔炼一些，填补一些，最终天上的窟窿全都被填上了。更加令人们惊喜的是，那些五色石浆还在天空中形成了五彩的朝霞和晚霞。

后来，女娲怕天再次塌下来，就用木头去撑天，不料被洪水冲垮了，这可怎么办啊？正当女娲犯愁时，一只海鳌碰巧来到海边，便上前问："你为什么发愁呀？"

女娲叹了口气说："我正想用什么东西去撑天呢。"海鳌听后说："您砍去我的四只脚，用它去撑天吧！"女娲听后十分感激海鳌，连忙砍下鳌的四足，撑在天的四边。

在女娲的帮助下，善良的人们终于从灾难中解脱了出来，可以继续过着幸福安定的生活。而女娲把天补好，把洪水排走后就死去了。据说，她的子孙们为了永远纪念这位始祖，还特意为她造了一座女娲宫。

伏羲结网打鱼

古老的神话传说充满了生活的气息，焕发出迷人的色彩。我们人类生活在地球上，进行不同的生产劳动，也有不同的分工和职业，但在人类产生初期，由于生产力水平极端低下，开始只能以打猎为生，后来才发展到自己耕种庄稼，自给自足地生活，生产力也在不断提高……

当女娲造了人类之后，人类既然要繁衍生息，就得学会如何生存，会不会还有一位天神来给人类带来福音呢？

女娲娘娘炼石补天过后，人们在大地上繁衍生息。然而，那时候人们还不知道种植庄稼，他们主要以猎物为食，猎物打得少，就少吃一些，如果打不到就得饿肚子。

伏羲也是神话中人类的始祖，他可是上古一位睿智的领袖，同样是上古的"三皇"之一。伏羲大神看到人们忍饥挨饿、面黄肌瘦的样子，心里十分难过，他想："如果一直这样下去，肯定会有很多人被饿死！"有一天，伏羲路过一条河时，突然听见"噗通"一声，他连忙抬头看，只见一条鲤鱼从水里跳了出来，还蹦得老高，然后落入水中。随后，不停有鲤鱼跳出水面。

看到这里，伏羲就想："这些鲤鱼又大又肥，不正好能够解决饥荒吗！"打定主意后，说干就干，于是他就跳下水去捉鱼，没费多少工夫就捉到了一条鲤鱼。看着自己手中的劳动果实，他高兴极了，于是回去后便将人们带到河边，亲自教他们捉鱼。人们也没有辜负伏羲的期望，学得非常快，不多一会儿，就捉了很多鱼。但是如此一来，河里的宁静被打破，鱼儿也变少了，这可就惹恼了河底的妖怪，他不允许任何人在河里捉鱼，否则就把捉鱼的人统统吃掉。

为此，伏羲与妖怪大战了一场，这一战打得昏天暗地、飞沙走石，虽然伏羲大神法力高深，不过那妖怪也非常厉害，打到最后也没分出个胜负，也就是说两人打成了平手。妖怪这时也知道伏羲不好惹，于是就提议说："这样吧，如果你不抽干河水，也不用手就能捉到鱼的话，那我甘愿服输，任由人们来捉鱼。"

伏羲同意了，走在回家的路上，伏羲一直在想怎样才能既不抽水又不用手来捉鱼，走着走着，不知不觉它来到了一棵大树下。他猛一抬头，却发现一个十分有趣的现象：有一只蜘蛛在一个枝杈间结网，它左一道线，右一道线，一会儿就把一张细密的网结好了。然后蜘蛛就躲在一边，等到有虫子落入网中后，才不慌不忙地爬出来，再用身体里的丝线把虫子牢牢捆住，等到虫子没有力气再挣扎了，它就上前美美地饱餐一顿。

伏羲受到启发，就派人到山上找来一些柔软的葛藤，然后又到树林里砍来一些树杈。他用葛藤和树杈制成了一张张网，绑在一根根长竿子上。这样一来，人们不用下水就能捕到鱼了，而且也没违反与妖怪的约定。

伏羲拿着网在河里一试，果然很轻松地捕了许多欢蹦乱跳的鱼。妖怪见了，只好认输。后来，伏羲把这个方法教给人们，并流传至今。

燧人氏钻木取火

我国古代许多传说中,有一些大人物,往往既是首领,又是一个了不起的发明家,这种传说多半是古人根据远古时代的原始人生活想象出来的。

燧人氏 又称"燧人",当远古人还生活在"茹毛饮血"的时代时,他就发现了能通过钻木来取火,还教人怎样把食物烹调至熟,他就是传说中人工取火的发明者。关于他的神话反映了中国原始时代从利用自然火,进化到人工取火的情况。

最早的人类想要活下来,是一件非常不容易的事情,在那个荒芜的世界里,衣食住行都非常的简陋,尽管伏羲教会了人们怎样捕鱼等,但由于人们不懂得用火,生吃猎物很容易使人们生病,而且寒冷的时节也无法得到温暖,因此寿命很短。

相传,天神伏羲看到人们生活得这样艰难,心里很难受,他想让人们知道火的用处,于是就施展大神通,在山林中降下了一场雷雨。随着"咔嚓"一声巨响,耀眼的雷电劈在了树木上,树木马上就燃烧起来,转眼间就变成了熊熊大火。

人们被雷电和大火吓得四处奔逃,等雷雨停了、火势小了,才又聚集到一起,不过仍然害怕火。有个年轻人偶然发现,只要接近火,就不会感到寒冷,而且袭击他们的野兽也不敢走近,他兴奋地招呼大家:"快来呀,这火一点也不可怕!"

这时候,人们又发现了许多被烧死的野兽,吃过这些被火烤熟的野兽肉后,都觉得实在太好吃了!由此人们感到了火的珍贵,就把火种放在了干燥的山洞中,派人轮流守着它,不让它熄灭。可是,有一天,值守的人不小心睡着了,木柴烧完后仅有的火种就熄灭了,人们又重新陷入

了黑暗和寒冷之中，痛苦极了！

伏羲把这一切都看在眼里，他决心再帮人们一次，于是就在夜晚来到了那个年轻人的梦里，告诉他，在遥远的西方，有个遂明国，到那里就可以取来火种。

年轻人决心到遂明国去寻找火种，他翻过高山，渡过大河，穿过森林，历尽艰辛，终于来到了遂明国。可他失望了，因为他发现这个国家很奇特，没有白天和光亮，到处都是一片黑暗。但有一天，他来到一株高大的火树下，发现这株名叫燧木的大树上，只要鸟儿用嘴一啄，树枝就会闪出火光。

年轻人受到很大的启发，他立刻折了一些燧木树枝，然后耐心地钻磨，终于得到了火种。年轻人高兴极了，他迫不及待地要赶回家乡，把这个激动人心的消息告诉每一个人！

年轻人回到了家乡，为人们带来了永远不会熄灭的火种——"钻木取火"法。从此，人们再也不用生活在寒冷和恐惧中了，再也不用生吃食物了。人们对这个年轻人的勇气和智慧感到非常佩服，因此推举他做首领，并称他为"燧人氏"。

五谷的来历

"民以食为天"，这是古人留下的话，可是在远古时代，并不像现在的社会，吃得几乎不用愁，那时还没有固定的食物。英国生物学家达尔文曾说："古原始未开化状态下生存的人们，曾经被粮食严重缺乏所迫，不得不尝试每一种可以嚼碎咽下去的东西，从许多艰苦的试验中找到什么植物是有用的……"

在中国的神话中，就有这么一位敢于尝试，替人类寻求最佳的食物，而不惜历尽千辛万苦的人。

远古的时候，人们群居在一起，靠打猎为生，后来，人们经常因为打不到充足的猎物而忍饥挨饿。

"有什么办法能让人们不用忍受饥饿？"此时，一个名叫稷的青年开始思考这个问题。其实，后稷，名叫弃，是周代姬氏最初的远祖，帝尧时候人，他的母亲姜嫄，是有邰氏之女，也是帝喾高辛氏的正妃。后来，当稷听老人说草籽撒在地上到第二年春天就会发芽，于是想："草籽一定是可以人工种植的！人们只要开垦土地，种植一些可以吃的草籽，不就能解决饥荒了吗？"

于是，稷就下定决心，走遍九州，尝尽天下草木果籽，为人们找到能做主粮的粮种。他把这个想法告诉了女娲娘娘，女娲娘娘听了之后，既感动又高兴，并为这个年轻人的勇气所打动，于是她就让自己的五个儿子稻、黍、麦、菽、麻，各自拿着白、黄、红、绿、黑五个不同颜色的袋子，作为侍从跟着稷一起去寻找粮种。

就这样，稷踏上了寻找粮种的征途，在周游四方的途中，稷品尝了许多草籽，并且在千万个草种中，找到了五种自己认为比较合适的种子。在确定种子后，它就让侍从用五种不同颜色的袋子把这五种种子分别

盛装起来。

一天，他们在一座险山上采集到了一种高秆红穗的植物。此外，站在山顶上的稷还惊喜地发现，山下正好有五条山谷！于是他对五个侍从说："你们现在已经知道什么草籽可当粮食了，但要吃到粮食首先必须学会耕种。现在这里有五条谷地，土肥水足，你们每人选一条谷地把草籽种下去，摸索出种庄稼的经验，回去后再传给大家，以后我们就不会挨饿了！"

五个侍从听了十分激动，便各自选了一条山谷，在临水的地方砍草开荒、播种灌溉。稷为了观察各条山谷中的庄稼，就住在山顶上。同时，他也开垦了一片田地，把那高秆红穗的植物种子播种下去。春去秋来，从播种到丰收，再到播种，他们在那里住了三年，摸清了各种庄稼生长的习性，并总结出一套耕作经验。

稷带领五个侍从回到部落后，将种子分配给人们，并把种植的经验传授给他们。后来人们为了纪念稷和他的五个侍从，就把稻种的庄稼叫稻，把黍种的庄稼叫黍，把麦种的庄稼叫麦，把菽种的庄稼叫菽，把麻种的庄稼叫麻。由于它们是在五条山谷里种成的，因此人们就把粮食总称为五谷；而稷亲手种的高秆红穗的植物，则被人们称为稷，后来又改称高粱。

神农尝百草

　　继伏羲之后，神农氏是又一个对中华民族有诸多贡献的传说人物。他是远古传说中的太阳神，也是农耕技术的发明人，被人奉为农神；同时，他又是医药之神，相传就是神农尝遍了百草，创立了医学。神农为了给人治病，经常到深山野岭去采集草药，他不仅要走很多路，而且还亲自尝试所采集的草药，并体会、鉴别草药的功能，但最终却死于试尝的毒草药。而关于神农的神话传说，反映了中国原始时代从采集、渔猎进步到农业生产阶段的情况。

　　人们能够种植五谷后，虽然有了粮食吃，不会再挨饿了，但各种疾病不断缠身，人们却不知道怎么医治。这类事情被神农知道之后，他感到很焦急，他不相信巫医问卜，但他也没有治疗疾病的办法。于是，他便与部落当中的人们商讨，怎样才能把人们患的疾病治好，使他们摆脱疾病的困扰。他想了很多办法，但效果却很不理想。

　　有一天，神农来到山西太原金冈一带，品尝草木，发现草木有酸甜苦辣等各种味道。他就将带有苦味的草，给咳嗽不止的人吃，这个人的咳嗽立刻减轻不少；把带有酸味的草，给肚子有病的人吃，这个人的肚子就不疼了。神农由此受到了启发，于是决心走遍天下，品尝百草，以求了解各种草的药性，为人们治病。

　　神医尝百草是十分辛苦的事，不仅要爬山走路寻找草木，而且品尝草药还有生命危险。神农为了寻找药品，曾经在一天当中中毒七十多次，神农被毒得死去活来，痛苦万分。可是凭着他的强壮的体力，又坚强地站起来，继续品尝更多的草木。

　　大地上的草木品种多得数也数不清。神农为了加强品尝草木的速度，使用了一种工具，叫"神鞭"，也叫"赭鞭"，用来鞭打各种各样的草木，

这些草木经过赭鞭一打，它们有毒无毒，或苦或甜，或寒或热，各种药性都自然地显露出来。神农就根据这些草木的不同特性，给人类治病。

关于神农尝百草，民间还有传说，神农得天独厚，一生下来就有一个水晶般透明的肚子，什么东西在肚子里活动都能看得一清二楚。这为他遍尝百草提供了十分便利的条件。他每吃一种草，就低头观察这种草在自己体内会发生什么反应，然后根据这个来记录每种花草的药效。

有一次，当他尝到一种开白花的常绿树嫩叶时，就在肚子里从上到下，从下到上，到处流动洗涤并逐一排了出来，好似给身体做了一次彻底的检查一样，于是他就把这种绿叶称为"查"，也就是以后的"茶"。

神农长年累月地跋山涉水，尝试百草，每天都得中毒几次，全靠茶来解救。但是最后一次，神农来不及吃茶叶，还是被毒草毒死了。

据说，那时候他见到一种开着黄色小花的小草，那花萼在一张一合地动着，他感到非常好奇，就把叶子放在嘴里慢慢咀嚼。一会儿，他感到肚子很难受，还没来得及吃茶叶，肚肠就一节一节地断开了，原来这是中了断肠草的毒。

后人为了纪念农业和医学发明者的功绩，就世代传颂着神农尝百草的故事。

日中为市

　　我们中华民族历史悠久，源远流长。炎帝神农氏与黄帝轩辕氏以各自的伟大历史功绩，均被尊为中华民族的人文始祖，受到普天下炎黄子孙的世代崇敬。

　　炎帝文化是传承几千年的中华民族文化之源，是凝聚全世界炎黄子孙的民族之魂。相传，炎帝发明农业后，结束游牧生活，在中原开始了半定居半迁徙的农业生活，此时人们的生活已经比较稳定，随着生产力的提高，集市也就随着人们的需要应运而生。

　　集市贸易，上古称为"廛"，在原始社会中，即有"列廛于国，日中为市"（《路史·炎帝》）的记载。其实，原始商品交易最早是由炎帝神农开创的。

　　古书《五德志》说：炎帝神农氏"日中为市，致天下之民，聚天下之货，交易而退，各得其所"，炎帝教会了人们以太阳影子的位置计时，正中午开始市场交易，交易完后退场，每人得到所需要物品。

　　经过炎帝的帮助，人们的生活是过得越来越好。开垦出的荒地，种上了谷物，人们也非常勤劳，把地里面的庄稼照料得很好。一年又一年的丰收，不仅让人们脸上绽开了笑容，也使种植者的粮食有了剩余，而以打猎为生的人，平时的时间都用来到树林里去打猎，当然没有时间去种谷物，所以在他们那里，粮食就显得尤为短缺，但是却剩余出许多肉类和兽皮。

　　为了使人们的生活得到调剂，让种植者有肉吃，有皮毛可御寒；让打猎者也可有美味的粮食吃，所以炎帝就想寻求一个两全齐美的办法，使人们各有所需，这问题也困扰了他许久。有一天，他忽然想到，如果在合适的地方划出一快空地，作为人们互相交换产品的市场。这样一

来,大家就方便多了,都能用手中剩余的东西去换自己需要的东西。

这个办法固然好,但在实践了一段时间之后,新的问题也随之而来。

一天,炎帝打算到新开辟的"市场"上去巡视,看看那里的情况到底怎样。出发之前他就幻想,新的"市场"一定人来人往,热闹非凡;但当他真的来到"市场"却是另外一番景象,这里没有他之前想象的那么热闹;相反,却极为冷清,只有几个人等待着别人来换取自己手里的东西。

炎帝非常疑惑,就上前去问一个种植者,原来造成如此景象的原因就是大家来的时间不一样,为了换一点东西,有时需要等一整天,彼此便容易出现矛盾。

炎帝稍一思考,便想出一个好办法。他规定每天太阳升到头顶时,大家一起来交换东西,这样有利于集中,可以免去许多冤枉路,节省很多时间。这样"日中为市"的办法就逐渐推广起来,市场问题终于解决了。

古人以什么标准来确定"日中"呢?有这样一则传说:神农为观测农业时辰的需要,采用了一种"立杆测影"法。即在地上立一根木杆,看地上日影变化情况,日影最短的时间为正午。"日中",其实就是日影最短之时。

春神句芒

　　当大地脱下银装素裹的外套,当泥土里的小草微微探出头,当南飞的燕子又悄悄北归的时候,你就知道春姑娘的脚步近了。

　　春天,是万物复苏的季节,不仅冰封的泉水叮咚地唱起了欢快的歌声,就连枝头的鸟儿也来鸣叫。而对于人们来说,春天更是一个充满希望的季节,农民期待他的庄稼在开春后长得更好,小孩子希望自己在新学期学习会更佳。在我国古代的神话里,也有这么一位春神,他叫句芒,看他到底给人们带来了什么?

　　在我国古代,一直都有祭祀春神的习俗。上自帝王君主,下到平民百姓。为了祈求一年的风调雨顺、五谷丰登,人们都会在立春那一天举行隆重的祭祀春神仪式已经相约成俗。

　　春神也叫句芒,本名重,相传,他是西方天帝少昊金天氏的儿子。句芒生得十分奇特,它长着一张人的面孔,却有一个鸟的身子,脸方敦敦的,慈眉善目,很有亲切感。他经常身穿一件白色的衣裳,驾着两条龙,在空中飞翔,很是潇洒和威武,传说春神的法术还很高强,在众神之中很有威严。

　　句芒听说东方伏羲帝十分贤明,于是他来拜见伏羲氏,心甘情愿地辅佐这位贤帝。后来伏羲封他做了木神,他的手里时时刻刻拿着一个圆规,与伏羲一起掌管着春天。

　　春天,是草木萌生、生命勃起的季节,而"句芒"两字的意思也就是草木生长、弯弯曲曲、角角杈杈。春天又代表了生命和无限的希望,它是一个生机盎然、生物繁衍的季节,到处都充满了欣欣向荣。因此,句芒又被后人尊奉为主司生命之神,这样就表示着他可以主宰人的寿命,掌握人们的生死。

相传，在春秋时期，秦国有个秦穆公，有一天早上，他到祖庙里去祭拜。到了中午的时候，他远远地看见有一位神人从庙堂的正门走进来。等这位神人走近了，秦穆公才发现，这位神人居然生有鸟的身子，穿着白色衣裳，长着人的脸，他从来没有见过如此的神人，所以心里很是害怕，他抬起腿就向门外跑去。

不料那位神人说："你不要害怕，你治理国家有功，天帝派我来赐寿给你。"秦穆公这才松了一口气，连忙上前行大礼跪拜感谢，并问道："请教大神姓名？"那位神仙说："我叫句芒，是东方掌管树木的神灵。"原来，秦穆公是个非常贤明的好君主，不但有眼光重用人才，还对百姓厚爱有加，经常体察民情，扶助弱小，而且治国有方，天帝看到他德行很好，所以吩咐春神句芒给他增加了 19 年的寿命，于是秦穆公比他原定的寿命又多活了 19 年。

或许正是因为这个传说，所以后来历朝历代的君主们都在立春这天祭祀这位句芒神，祈求这位大神保佑百姓的安康、五谷丰登、国家太平，当然也求他能够保佑自己长命百岁！

黄帝战蚩尤

　　黄帝是传说中我国各族人民的共同祖先，姓姬，号轩辕氏、有熊氏，少典之子。

　　黄帝也就是轩辕帝，因他大都活动于黄土地带，土色黄，因此称为"黄帝"。黄帝是有熊部落的首领。中国历史上第一次大规模战争就是始于黄帝与九黎族首领蚩尤的战争——涿鹿之战。这次战役奠定了华夏集团据有中原地区的基础，进一步融合了各氏族部落，黄帝从此成为中华民族的共同祖先，并被逐步神化。

　　数千年前，我国黄河、长江流域一带住着许多氏族和部落，其中以三个部落最著名，这三个部落的首领分别是黄帝、炎帝和蚩尤。黄帝和炎帝是兄弟，同在黄河流域。

　　黄帝是有熊部落的首领少典的儿子，姓公孙，名轩辕。黄帝的母亲叫附宝。传说，有一天晚上，附宝见一道电光环绕着北斗枢星。随即那颗枢星就掉落了下来，附宝由此感应而受孕。怀胎 24 个月后，生下一个小儿，就是后来的黄帝。黄帝一生下来，就显得异常神灵。后来，黄帝继承了有熊国君的王位；而蚩尤则是属于长江流域的九黎族，不仅人长得很剽悍，而且他的部落也很强大，常常侵略别的部落。

　　有一次，蚩尤侵占了炎帝的地方，炎帝感到非常生气，也很愤怒，就带领部落里的人拼命地抵抗，但他不是蚩尤的对手，吃了败仗，最终只好逃到黄帝所在的涿鹿请求黄帝的帮助。而黄帝早就听说这霸道蚩尤的所作所为，早就想消灭气焰嚣张的蚩尤部落了，于是他联合各部落首领，在涿鹿的田野上和蚩尤部落展开了一场大决战，这就是著名的"涿鹿之战"。

　　战争开始的时候，蚩尤凭借着良好的武器和勇猛的士兵，连连取

胜。眼见自己的士兵士气低落，黄帝派人捉来了一种名叫夔的怪兽，把它的皮剥下来做鼓面，又命人捉住雷泽中的雷兽，从它身上取出了一根最大的骨头当鼓槌。

重新摆好阵势后，黄帝下令擂鼓。黄帝的部下听到鼓声，顿时勇气倍增；相反，蚩尤的部下则失魂落魄。蚩尤眼看自己的士兵士气低落，便大喝一声，凶猛地冲上前要杀死黄帝，黄帝忙令应龙喷水，蚩尤一不留神，被冲了个人仰马翻。他气得暴跳如雷，命令风神和雨神掀起狂风暴雨向黄帝阵中打去，只见地面上洪水暴涨，波浪滔天，情况十分紧急。这时，女神魃上阵了，只见她施起法术后，身上瞬间放射出滚滚的热浪，走到哪里，哪里就干旱无雨。风神和雨神见他们的法术被破，就慌忙逃走了，黄帝率军追上前去，大杀一阵，蚩尤大败，转身就逃。

由于蚩尤能在空中飞行，黄帝怎么也捉不住他。追到冀州中部时，黄帝命人把先前用夔皮做成的鼓用力连擂九下，蚩尤顿时魂飞魄散，摔在地上不能动了。黄帝命人给蚩尤戴上枷锁，把他杀了。

黄帝打败蚩尤后，各个部落的首领都尊奉他为天子，黄帝带领百姓，开垦农田，定居中原，奠定了华夏民族的根基。

风后与指南车

中国古代的"四大发明"是对人类文明的重大贡献。特别是指南针，它是辨别方位的一种简单仪器，无论是在野外还是在茫茫的大海上，它是迷途之人救命的灯塔

直至今日，它还是世界航海上广泛运用的仪器之一。那么，这实用的仪器，最原始的指南针——指南车到底是谁第一个发明的呢？要弄清这个问题，那还得从5000年前黄帝大战蚩尤的时候说起。

传说黄帝和蚩尤作战三年，进行了七十多次交锋，都未能取得胜利，因为蚩尤的魔法简直太多了。

在一次大战中，蚩尤在眼看就要失败的时候，请来风伯雨师，呼风唤雨，给黄帝军队的进攻造成困难。黄帝也急忙请来了天上一位名叫旱魃的女神，施展法术，制止了风雨，才使得军队得以继续前进。这时诡计多端的蚩尤又放出大雾，霎时间四野弥漫，大雾使人无法辨认东西。黄帝军正杀得起劲，忽然被大雾笼罩住，迷失了方向。蚩尤军在大雾的掩护下，拼命砍杀黄帝军。黄帝见自己的军队死伤惨重，非常生气。黄帝虽然神通广大，也只能看见十丈以内的敌军。黄帝十分着急，只好命令军队停止前进，原地不动，并马上召集大臣们商讨对策。应龙、常先、大鸿、力牧等大臣都到齐了，唯独不见风后。有人怀疑风后被蚩尤杀害了。黄帝立即派人四下寻找，可是找了很长时间，仍不见风后的踪影，黄帝只好亲自去找，终于找到了风后。

风后是个很有智慧的大臣，他平时足智多谋，非常有点子，因此，颇得黄帝的信任与重用。此时的风后也没闲着，他找了一个僻静之处在想办法。他仰望天空，一眼望到了天上的北斗星，心想，那北斗星的斗

柄怎么就能依着时序的不同而变幻方向呢？如果要是有个像北斗星一样的指示器该有多好！

风后就这么想呀想呀，忽然，想出了一个极好的办法，他立即来到战场上，用自己的鬼斧神工，很快为黄帝造出了一辆能指示方向的战车。这车子前面有一个铁制的小仙人，伸出手臂，正指向南方，无论怎样行走，仙人手臂永远指向南方。因此，人们称它为"指南车"。风后得意地指着指南车对大家说："车的一方确定了，另三方也就确定了。有了此宝，蚩尤的大雾能奈我何？"

黄帝一听，心中大快，连忙率领军队在指南车的指引下，冲破大雾，突围过去。有了这辆指南车指引方向，黄帝的军队很快打败了蚩尤的军队。

蚩尤见情况不妙，慌忙调来成群的虎狼向黄帝军扑去。黄帝军不甘示弱，连忙调来猛兽对抗蚩尤的虎狼，经过一场残酷的兽战，蚩尤的虎狼全被咬死了。黄帝的军队先前吃了蚩尤的亏，都窝着一肚子气，个个奋勇争先，杀得蚩尤的队伍乱作一团。

就这样，在战争的需求中，指南车诞生了，它成了我国传说中最早的指示方向的器具，风后也成了传说中发明指南车的人了。

旱魃

　　如果久居在都市,倘若有那么一份悠闲的时间,走到户外,去和大自然亲近,一定会被各种美景所吸引。但是大自然有自己的运行规律,在人类面前,它不光展示美好的一面,有时也会发怒,把自己可怕的一面展现出来,就像各种灾害,如洪水、旱灾、地震。

　　在中国古代的神话传说中,天上下雨、打雷、闪电、刮风和地上的洪水、干旱等都是有定数的,因为有雨神、风神、雷神等掌管着这些自然现象;而旱魃,就是传说中引起旱灾的怪物。

　　在中国的古书《神异经》中,有记载说:"南方有人,长二三尺,袒身,而目在顶上,走行如风,名曰魃,所见之国大旱,赤地千里,一名旱母。"看来旱魃可真与凡人不一样,就连眼睛都长在头顶上。但在《山海经》中所记的雨神称应龙,而与雨神相对应的就是旱神,称女魃。

　　其实旱魃是很可怜的,她是为了帮助黄帝而导致自己不能回到天上。传说在黄帝与蚩尤的大战中,雨神应龙和旱神女魃也曾出现。蚩尤经过长期准备,制造了大量兵器,同时纠集了众多精灵,一并向黄帝发起了攻击。

　　面对蚩尤的大举进攻,黄帝决定派雨神应龙,到冀州之野去抗击他。应龙是长着翅膀的飞龙,他决定发动滔天洪水来围困蚩尤。兵来将挡,水来土淹,面对应龙的洪水,蚩尤也毫不示弱,他请来了风伯、雨师来协助他,霎时间,漫天的大雨和着呼啸的狂风,席卷而来,应龙的军队猝不及防,就迷失在漫天风雨之中。

　　黄帝看到应龙的队伍也没办法对抗,又听说雷泽里有雷神,这个雷神长着人头龙身,他会经常地拍打自己的肚子,让肚子发出惊天动地的雷声。在万般无奈之下,黄帝就杀了无辜的雷神,用他的皮做成大鼓敲

打起来，这一震，居然震破蚩尤的凄风苦雨。黄帝又派了旱神女魃参战。魃身穿青衣，头上无发，能发出极强的光和热，她来到阵前施展神力，风雨迷雾顿时消散。

在旱魃的帮助下，黄帝终于擒杀了蚩尤。在战争中，应龙和旱魃都建立了奇勋。成功也是要付出代价的，应龙和旱魃的代价就是它们都丧失了神力，因此它们也就再也不能回到天上。应龙留在人间的南方，从此南方多水多雨；魃留居北方，从此北方多干旱，她无论走到哪里，都被人们诅咒驱逐，称为"旱魃"。

其实在 20 世纪六七十年代，鲁地一代的人们还有烧旱魃的习俗。乡村中的人们认为旱魃是死后 100 天内的死人所变，而变为旱魃的死人，其尸体不会腐烂。最奇怪的是它们的坟上不长草，坟头还渗水，旱魃鬼会夜间往家里挑水。只有烧了旱魃，天才会下雨。当然，这只是神话，从科学的角度，这些都不足为信，但这也是古人留给我们丰富而又灿烂的文化大餐。

黄帝之都昆仑山

巍巍昆仑山，耸立在东方这片神奇的土地上，在中华民族的文化历史上，它有着"万山之祖"的显赫地位，而古人则称昆仑山为中华"龙祖之脉"。

中国上古流传下来的神话传说很多都与昆仑山有关，被认为是中华民族的发源地。像女娲炼石补天、精卫填海、西王母蟠桃盛会、白娘子盗仙草和嫦娥奔月等，都与昆仑山有关，而作为"五帝"之一的黄帝也将都建在昆仑。

昆仑山位于遥远的西北，据传方圆 800 里，重叠九重，从山脚到山顶有一千余里，黄帝的行宫就坐落在昆仑山的第九重山顶。行宫四面被高大的宫墙围得严严实实，每面有 9 个大门，每个大门都有一只外形似虎，长有 9 个脑袋的怪兽"开明"守护着。

在宫墙内，每面还有九眼以玉石为栏的神井供饮用。这还不够，昆仑山四周还环绕着一条深不见底的大河，水面上连一片鹅毛都浮不起来，所以取名叫"弱水"。弱水的周围又是一片火山。山上长着一种昼夜燃烧，并永远也烧不尽的火树，就连倾盆大雨也休想把它浇灭。

据说唯一能通过火山的动物，是一种比牛还大的火老鼠。火老鼠体重达千斤，浑身长满了细如蚕丝的白毛，毛长二尺有余。这种火老鼠一入火中，遍体通红，一离开火又身如白雪。管理这座宫殿的天神名叫陆吾，他拥有人的脸，但却长个老虎的身子和足爪，还有 9 条尾巴，样子极为雄壮威武。夜上又有夜游神替黄帝巡查守夜，所以行宫真可谓针插不进，水泼不入，戒备森严。

黄帝的行宫由 5 座紫金城和 12 所白玉楼组合而成。山后最高处有个"御花园"，里面长满了各种奇花异草，养有各种珍禽奇兽。花园正

中生长着一株长四丈、粗五围的稻禾。稻禾的四周长有珠树、玉树、不死树、璇树、沙棠树、琅玕树等，树上结满了各色果实，林间的凤凰、鸾鸟就以这些果实为食物。为了防止他人踏入，黄帝还派了一位长着三个脑袋，六只眼睛的天神"离朱"守护着花园。

黄帝在行宫待久了，还时常至昆仑山东北四百里的"槐江之山"去游玩，那里有座名叫"悬圃"的空中花园，管理这座花园的是一个人面马身，长着一对翅膀的天神"英招"。站在悬圃举目四望，西边有名叫"稷泽"的碧波连天的大湖，北边是雄伟高峻的"诸毗山"，东面有巍然挺立的"恒山"直插云端，南边的昆仑山，更是耀人眼目。在悬圃的下边是纤尘不染、清冷透骨的泉水，名叫"瑶水"，一直流到西王母居住的"瑶池"。

黄帝的饮食也非常讲究，食用的是"峚山"所产的"玉膏"，是一种胶状可食用的美玉。

至于出行就更是气派非凡了，黄帝坐在大象挽着的宝车当中，前有虎狼开路，稍后则是风师、雨伯打扫道路，车后有六条蛟龙紧随，殿后的是奇形怪状的各类鬼神，地上窜伏着螣蛇，天上更是凤凰飞鸣。真可谓仪容威严无双，天上人间仅有。昆仑行宫的神话实质是地上帝都的神化，反映了人类社会剧烈的阶级分化现实。

西王母

在中国的神话传说中，在遥远的西方有一位女神，她就是西王母。西王母的故事，在中国神话，甚至是中国的宗教里，都有极其重要的地位。

在先秦的典籍中，对西王母记载最详备的就是《山海经》一书了，可《山海经》里的西王母却没有我们想象中的那么美丽、华贵；在《穆天子传》里，西王母又是一位温文儒雅的统治者……但是，在中国的民间信仰里，西王母的地位却非常之高。

传说西王母是西方世界一个非常古怪的神，她相貌如人，身后却拖着一条长长的豹尾。她的牙齿像老虎一样，头发乱蓬蓬地披着，看上去非常凶猛，没有一丝慈祥神情。她喜欢啸叫，掌管着瘟疫和刑罚。

传说，西王母掌管着一株非常神圣的大树，名叫不死树。这颗不死树3000年才开一次花，而要6000年才结一次果。用这棵不死树结出的果子，可以炼出长生不死的良药，无论谁吃了这种药，都可以长生不死，同样也可以起死回生。

西王母居住在昆仑山上的岩洞之中，在她的身边还养了三只红脑袋、黑眼睛、力气很大的大鸟，名叫青鸟。这三只青鸟特别听西王母的话，青鸟们还经常轮流到山野之中去寻找食物，供西王母食用，也为她传送着信息。

西王母法术高强，她不仅掌握着人类的生死，同时还可以赐予人类生命。如果她高兴还可使凡人飞升，变成天上的神仙。相传西王母住的昆仑山瑶池，园里种有蟠桃，吃了蟠桃可以长生不老，所以也称他为金母、瑶池金母。

相传，远古神射手后羿有一个非常美丽的妻子，名叫嫦娥。嫦娥常

常抱怨说："地上的生活比不上天堂，因为在地上活不了多久就要死，而且死了还要进地狱！"这件事以后就成了后羿的一块心病。

有一天，后羿碰到一位巫师，说出了自己的心事，巫师告诉他："在昆仑山的西边，住着西王母。她住的山上有一棵不死树，3000年开一次花，再过3000年才结一次果，那果实人吃了可以长生不老。"

后羿听后，前往昆仑山寻找不死药。昆仑山的周围是昼夜不熄的熊熊大火，没有一个凡人能够通过它。后羿正在犯愁时，来了一位美丽的姑娘，自称是洞庭湖的大鱼，为了报答后羿除去巴蛇，使鱼类免遭残害，特意给他送来避火珠和避水珠。

于是，后羿顺利地来到了昆仑山。他向西王母讲了自己的来意，西王母虽然长得丑，但心地很善良，就命三足神鸟把不死药取来。嫦娥见丈夫找来了不死药，还顾不得等丈夫说完话，就把药一口吞下去了。最后，嫦娥飞到天上的月宫之中。原来这个不死药是两个人分吃可以长生不老，一人吃了可以升天成神，所以嫦娥变成了月精，再也不能回到人间。

虽说西王母是传说中的女神，但在后来流传的过程中逐渐女性化与温和化，而成为年老慈祥的女神。

黄帝之妻嫘祖

司马迁的《史记》中提到，黄帝娶西陵氏之女嫘祖为妻，嫘祖是传说中的北方部落首领黄帝轩辕氏的元妃。

嫘祖她不仅贤惠、善良，而且非常勤劳，她还是教民养蚕缫丝的创始人。而民间就有"嫘祖始蚕"的传说，但在传说中这样一个勤劳的女子，却相貌丑陋，但因为她勤劳能干，不怕辛苦，黄帝便取其为妻。这样看来，黄帝并不是一个以貌取人的首领。他们夫妻二人为人类的发展都作出了很大的贡献。

黄帝战胜蚩尤后，建立了部落联盟，黄帝被群民推选为部落联盟首领。黄帝当上部族首领后，转眼成青年，到了该婚配的年龄。黄帝既英俊又能干，自然是女孩子们心仪的偶像。可是，黄帝似乎还没有考虑过此事，整天忙于有熊国的事务。

有一次，黄帝外出打猎来到西山，因为追赶猎物跑累了，就坐在石头上休息。这地方离家远，黄帝来得少，他好奇地看着下边一片茂密的树林。他发现——山半坡的大桑树下，有一女子手扶着树，一条腿跪在地上——正在从嘴里往外吐丝，地上已吐出了一个像瓦瓮那么大的茧，黄帝躲在一块大石头后面看呆了。

那女子吐出黄金色的丝，又吐出银白色的丝，看上去闪光发亮。黄帝看得入了迷，心想有了这丝，织成布，做成衣服该多好啊。于是黄帝就想向这位女子讨教吐丝的方法，那女子却说："非丈夫不传授。"黄帝仔细打量眼前这个女子，长相一般、黑脸、厚嘴唇，个头也不高。黄帝想，看人不能光看外表，这女子会吐丝一定很勤快，一定会成为我的好帮手。想到这里，黄帝不再犹豫，他决定把这女子带回部落，选为妻子。

这个会吐丝的女子名叫嫘祖，她是西陵氏的女儿。黄帝回到家里，

把选嫘祖为妻的事跟少典和附宝讲了。老两口一传出去，男男女女、老老少少成群结队地都来了。黄帝和嫘祖回来时，大家都围着他们看，大家都对嫘祖的长相议论纷纷。

嫘祖并不介意，她到部落以后就将自己造丝的技艺传给了部落里的人。平日里，她领着几个姑娘从桑树上采回蚕茧，再从蚕茧中抽出丝来。她们边抽边盘，那些又细又软的丝盘得有条有理。与黄帝结婚后，嫘祖负责教百姓养蚕、缫丝、纺纱、织锦，部族的人们因此脱下了树皮兽衣，换上了美丽的丝织衣服。

勤劳能干的嫘祖，获得了族人的好感，人们这才明白黄帝选妻注重的是女子的德才，而不是相貌。大家都夸奖说："还是黄帝有眼力，看人光看样是不全面的。"以后，黄帝封嫘祖为元妃，嫘祖生有玄嚣和昌意两个儿子，昌意的儿子高阳就是传说中的颛顼帝。

后人为纪念她的功绩，便在嫘祖所到之处修祠建庙，供奉祭祀，有些农家的织机房里还敬祖神，其实就是嫘祖。

伶伦始作音乐

音乐作为一门艺术,它真切地反映了人类生活的各个方面。不同的旋律或急或缓、或悠扬或激烈,都传递着不同的感情,音乐作为人类的一种精神文化食粮,在生活中有不可或缺的作用。

在中国古代历史上,记述了距今5000年前的黄帝时代,有一位名叫做伶伦的音乐家,他进入西方昆化山内采竹为笛。当时恰有五只凤凰在空中飞鸣,他便合其音而定律,这也可以看做是有关管乐器起源的带有神秘色彩的传说。

在黄帝时代,有个叫伶伦的音乐家,他通晓音律,在音乐方面非常有天赋,可以说是一个音乐奇才。黄帝当了部族首领后,由于治国有方,所以人们都过上了安居乐业的生活。为了给安居乐业的人们带来更多的精神食粮,黄帝便命令伶伦专心制作乐律,编撰乐音。

有一天,黄帝难得悠闲,于是就准备练习骑马,一个部族的首领,没有一身好的骑马技艺,可是不行的。黄帝刚刚跨上马背,忽然传来一阵怪声。马听到这种怪声后,立刻吓得四蹄腾空,仰头啸叫,还未在马背上坐稳的黄帝,就被重重摔到了地上。原来,这怪声是伶伦吹竹管而发出的。

伶伦见自己闯了祸,急忙停止吹奏,快步跑上前去把黄帝扶起来,但是黄帝却没有生气,而是笑着对他说:"你制的这支小竹管能把我的马吓成这样,可见将来一定能吹出非常动听的音乐来。"伶伦听后非常惭愧,自己闯了祸,黄帝还不责怪他。看着伶伦愧疚的表情,黄帝笑了笑,拍拍他的肩膀,说:"你能在一根普通的竹管上面钻几个小孔,已经很有创意,而且你还能利用你造出的工具,让其有规律地发出响声,这就是你的发明和功劳。"说完便牵着马走了。

受到黄帝的鼓舞，伶伦觉得自己应该好好做番成绩出来，一定不能辜负黄帝的期望。

于是，他决心重新创制乐律。他历尽千辛万苦来到昆仑山的北面，在解溪的山谷里选取了一些材质上乘的竹子，然后从那些竹子中间截取大约半米长的一段竹管。它就这样一连制作了12支同样的竹管，才停下来休息。然而，这些竹管并没有达到伶伦的要求。

伶伦并没有就此放弃，他后来又去了凤岭，在一棵梧桐树的树阴下找了一块平整而光滑的石头，躺在上面苦思冥想，在知了的叫嚷声中，他不知不觉睡着了。正当伶伦睡得正香时，忽然被树上传来的一阵美妙的鸟叫声惊醒了，他抬头一看，原来树上有一对五彩斑斓的凤凰。

伶伦细心聆听，只听它们的鸣叫婉转悠扬，雄凤能叫出六种音调，雌凰也能叫出六种音调。这些音调都是伶伦从来没听过的，他高兴得手舞足蹈，情不自禁地拿起竹管，模仿它们的叫声吹了起来。

伶伦渐渐熟悉这些音调后，尝试着调整了12支竹管的长短，希望能用这些竹管模仿出凤凰的叫声。起初，伶伦还只能粗略地模仿凤凰的叫声，到后来，他每天都去凤岭，认真聆听凤凰的鸣叫。经过长时间的揣摩和模仿，他终于创制出了比较完善的音律。

仓颉造字

文字是我们记录历史、撰写今天、描写未来，不可或缺的工具。我们今天使用的文字，传说是黄帝时代最著名的人物——仓颉造的。黄帝是个非常聪明能干的人物，他手下也集中了一大批有才能的人。尤其值得一提的是，黄帝手下的史官仓颉创造了文字，这种象形文字发展到今天，也就是方块汉字。据说，仓颉是从野兽的脚印而产生灵感的。这一"惊天地、泣鬼神"的壮举使中国历史从此迈入文明时代。

相传黄帝手下有一个管后勤的能人，名字叫仓颉。仓颉长得非常奇特，他那张宽大的龙脸上长着四只眼睛，射出智慧的灵光。仓颉在婴孩时期就喜欢拿东西涂抹，对周围的事物充满了好奇。长大以后，他更喜欢动脑子、想问题，探究天地万物的变化，天上星星的明灭、地上乌龟背上的花纹、鸟雀羽毛、山川走势、自然风光等都深深吸引着他。

在最开始的时候，仓颉只是负责管理牲口和囤里的食物。当时没有好的记载工具，他只能靠脑子来记下牲口的数量和食物的多少。随着生产慢慢发展，牲口多了，食物也多了，而且数量还在不断地变化。仓颉就开始犯难了，这单靠脑子记不住了呀，要是能有一个什么东西帮他记下一部分就好了。

于是，仓颉根据大自然的一些现象，随时随地在自己的手掌上指指画画。他首先想到了用给绳子打结的方法来记载数目，绳子有很多颜色，不同的颜色可以分别代表不同的牲口或食物。可是打结容易解结难，时间一长，这个方法的不足就暴露出来了。所以，他做了进一步的改进——给绳子上打圈圈，然后在圈圈里挂上贝壳，用贝壳数来表示数量。贝壳的增加和减少都非常方便，这种方法就一直使用了很长时间。

黄帝看到仓颉很有才干，于是决定把更多的事交给他来处理。事情多了，光凭绳子和贝壳哪里记得清。而且时间一长，连他自己也记不清有些绳子和贝壳代表的是什么了。于是他又不得不开始找寻新的办法。仓颉走了很多的地方，拜访了很多人。有一次，他参加集体狩猎，走到一个三岔路口时，只见几个老人在为往哪条路走争辩起来。一个老人坚持要往东，说有羚羊；一个老人要往北，说可以追到鹿群；一个老人偏要往西，说有两只老虎。仓颉一问才知，原来他们都是根据地上野兽的脚印才认定自己看法的。

　　这给了仓颉很大的启发，他要造出一种简单的符号，就好像野兽的脚印会代表野兽的方向一样，用符号代表不同的事物。经过长时间的潜心努力，仓颉创造的符号越来越多，他统一将这些符号称为"字"。

　　在创造中，他还总结出了一些规律，比如"日"字，他就是按照太阳的样子设计的，他不忘认真观察自己身边的每一件事物，经过抽象化的思考，创造出简单易懂的字。

　　仓颉创造了字，黄帝知道后，大加赞赏，命令他到各个部落去传授这种方法。这些符号的用法，很快便推广开了。就这样，文字形成了。

百鸟国之王少昊

许多人都喜欢仰望天空,仿佛那里藏着无尽的秘密,而天空中最美的要数云霞了,可你知道吗,传说中这天空中的云霞都是用七色云锦织成的。你知道是谁如此的心灵手巧吗?她就是皇娥,传说中一位美丽、聪颖的仙女。

破晓时分,天空中总是有一颗特别闪亮的星星,特别漂亮。你知道吗,这颗星星就是启明星。他是一位很英俊的神仙,他就是金星,但我们现在要讲的故事却与金星的儿子少昊有关。

黄帝自从打败炎帝,做了中央天帝之后,便委派他的侄孙少昊来做西方天帝。而少昊又是何许人呢?

这位少昊帝可真是一个非同寻常的人物,他可是金星和皇娥的儿子。皇娥原是住在天宫的仙女,她日日在玉砌的宫殿里纺纱织布,往往要忙到深夜。她编织出来的锦缎,就是那天空中流光溢彩的云霞;疲倦时,皇娥常常轻摇木筏,在银河里徜徉。

一日,皇娥沿着银河溯流而上,驶往银河源、西海边的穷桑。穷桑是一棵800丈高的大桑树,它一万年结一次果,结出的桑椹色泽鲜紫,香气清远,吃了可以与天地同寿。穷桑下、银河畔,一位容貌超尘绝俗的少年在徘徊,少年是黄帝的同胞兄弟西方白帝的儿子金星,就是那颗每天凌晨在东方天穹闪闪发光的启明星。

因为他经常到银河边与皇娥一起玩耍,所以两人成了无话不谈的好朋友,共同分享所有的快乐与忧愁。日复一日,年复一年,金星和皇娥慢慢产生了爱情。

后来,皇娥生下了一个儿子,这个小孩就是少昊,又叫穷桑氏。他长大成人后,便到东方海外建立起一个自己的国家,称少昊之国。这个

国家非常奇特，因为臣僚百官，都是各种各样的鸟儿。

少昊之国的百鸟官员当中，燕子、伯劳、鹨雀、锦鸡分别掌管一年四季的天时，凤凰是总管。另有五种鸟分别掌管着国家的政事：鹁鸪能够管教妻子，对父母尽孝道，少昊便委派它掌管教育；鸷鸟相貌威武，性情猛悍，便叫它掌管兵权；而布谷鸟处事公平，便叫它掌管建筑营造，给众人盖房子开沟渠，帮助分配，以免大家闹意见；鹰隼威严猛勇，铁面无私，便叫它掌管法律和刑罚；斑鸠从早到晚叽叽喳喳，性情活泼，便叫它管理修缮等杂活。

少昊在东方建立了鸟的王国后，不知又经过了多少年，他重新回到了西方的故乡。他留下了一个名叫"重"的鸟身人脸的儿子管理鸟国，而带着另外一个名叫"该"的儿子走了，该也就是蓐收。

他们的生活实际上比较清闲：少昊住在长留山上，主要负责察看向西天落下去的太阳反射到东边的光辉是不是正常；蓐收则住在长留山附近，所做的工作也和父亲的差不多。太阳西落，气象辽阔浑圆，霞光映红半边天，这一切都由少昊和蓐收掌管着，所以少昊又叫圆神，蓐收又叫红光。从他俩的名字上看，我们就可以想象到一幅庄严而美丽的落日图景。

神荼郁垒

农历的春节,是我国一个最大最隆重的节日,每到年三十,家家户户都会贴对联,贴门神、祭拜祖先,到处都张灯结彩,喜气洋洋,热闹非凡。

现在大多贴的门神都是秦琼和尉迟恭,这两位大将是唐太宗时被尊奉为门神的,后广为流传。你知道最早的门神是哪两位大将吗?其实,神荼和郁垒是上古传说里的神,因为他们能治鬼,所以被百姓尊为门神。

神荼、郁垒是我国古代传说中的两位门神,百姓人家常常将两人的图像贴在门上,据说这样就可以防止恶鬼进门。那么神荼、郁垒怎么会成为百姓用来防避恶鬼的门神呢?

传说在广阔无边的大海中,矗立着一座神山,名叫度朔山。度朔山上有一棵枝叶繁茂的桃树,这棵桃树非常高大粗壮,盘曲起来的枝干,遮盖了3000里的地面,而这棵桃树的东北角就是鬼门。在这棵桃树上住着两位神人,一位是神荼,另一个就是郁垒。

神荼、郁垒的职责主要是:每天都站立在那大桃树上,检阅和统领天下的万鬼。一旦他们发现有任何一个鬼在世间为非作歹的话,就要对这些不守规矩的鬼进行惩罚。这惩罚可不轻,它们会用苇索将犯事的鬼捆绑起来,接着拿去喂凶恶的老虎。

神荼、郁垒本是天上的神人,不可能下凡来主宰人间事物,而有些恶鬼偏偏会找孔隙到人间作恶,祸害百姓的生活。为了防止人类遭受恶鬼的蹂躏,黄帝便制定了一种典礼,到一定的时候,便让神荼和郁垒去驱逐恶鬼。其中具体的办法是:让人间百姓在屋子当中立下一个小桃木人,门户之上再画上神荼、郁垒和老虎的图像,然后把苇索悬挂在门户之上。人们可以用这些东西来抵御凶邪，恐吓偷偷溜到人间作坏事的恶鬼们。

既然黄帝留下的这种驱鬼习俗一直延续下来，直至今日，在我国部分地区的农村，还有将神荼与郁垒作为门神贴在门上以求避邪的，而桃木避邪也逐渐成为了一种风俗。

既然黄帝将驱鬼的重任交给神荼和郁垒两人，那么神荼和郁垒也不辜负黄帝的期望，都很尽职。他们每天晚上都到人间去巡夜，遇见出来作乱的鬼怪就立即惩罚，丝毫也不怠慢。这样一来，一些恶鬼吓得再也不敢出来，人们的日子也比以前安宁了许多。但是，鬼的种类和数量实在太多了，尽管他们每天都坚守岗位，但是仍然有漏网的鬼出来为非作歹，殃及人类。

一天，黄帝在昆仑山东方的恒山上遇见一只浑身雪白的奇兽。奇兽名叫白泽，它说自己可以替黄帝解忧。紧接着，白泽一口气说了1520种鬼怪，并讲了每种鬼的长相和本领。黄帝一听，忙召来太白金星画鬼，每个鬼画两张，一张由黄帝亲自掌握，另一张交给管鬼的神荼和郁垒。这样一来，犯了罪的鬼便无法漏网了，于是人类过上了太平的日子。

颛顼定日月

颛顼是我国古代"传说时期"的代表性人物,有关他的身世和功绩在《史记·五帝本纪》和其他许多古籍中曾有不少记载。相传,他是轩辕黄帝的孙子、昌意的儿子。颛顼是继黄帝之后的又一杰出的民族首领。它继帝位后,非常勤勉努力。

颛顼在位的78年,以文治武功著称,如定婚姻,制嫁娶,禁绝巫教,改革历法等。由于他的功德盖世,所以后人将其推崇为上古"五帝"之一。

古代帝王从一开始就是世袭制,其王位的顺序是:黄帝是第一代帝王的开始,黄帝的孙子颛顼为第二代,颛顼的侄儿喾为第三代,喾的儿子尧为第四代, 这样的王位继承都是在自己的家族中进行的。由于血缘关系,各位继承王位的帝王都自以为是理所应当的事,所以,这种王位的继承顺序都在顺理成章地进行着。

颛顼在位前期做了许多有利于人类的好事,因此备受人们爱戴。可是后来,他渐渐变得骄傲起来,办事也非常专横。以前颛顼每做一件事之前,都要把大家召集起来,与大家一同商量决定,如果大家觉得没有道理,那就不办这件事。可是后来,他常常不听人劝,也不怎么把大家放在眼里,任凭自己的意愿,随意决定要做的事。这样的独断,导致他后来犯下了许多错误,最没道理的就是把太阳、月亮和星辰全都拴系在北方的天空。

而至于颛顼为什么要把日月星辰全拴在北方天空,谁也说不清,但这样的做法对人间没有一点好处。日月星辰被拴系在北方以后,它们就永远地固定在那里,丝毫也动不了。这样一来,大地上有的地方永远明亮,照得人连眼睛都睁不开;而有的地方却永远处在黑暗之中,黑得

伸手不见五指。这世间明的明，暗的暗，没有个日夜交替，无论是处在哪一方的人们都感到不便。与以前黄帝统治时代相比起来，人们生活得十分痛苦，于是怨恨颛顼的情绪也就不断地在蔓延，所以，人们更加怀念黄帝统治的时代了。

有一天，天上和地上又黑暗下来了，天上有一只聪明的阳雀抬头看到这种情景，自言自语道："没关系，我会想办法把它们请出来。"

起初，阳雀自己去请太阳和月亮，可是太阳听到阳雀的叫声却装作没听见，悄悄地钻出云层，然后对月亮说："它的来意肯定不好，快跑！"于是，太阳和月亮赶紧飞到了遥远的天边躲藏起来。

阳雀见太阳和月亮很久没有回来，决定派性情温和的公鸡去请它们，大公鸡点点头，就朝天上飞去。公鸡站在云彩上，弓着腰，低着头，两眼望着前方，用优美动听的声音叫着"喔喔喔"。

太阳听到亲切甜蜜的叫声后，向山顶上慢慢爬去，随后又转头对躲在山脚下的月亮说："不要怕了，快爬出来吧！"月亮见太阳在前面没事，就离开山头，笑眯眯地升上了天空。

帝喾和他的子孙

　　我国古史上的五帝时代是华夏文明的早期阶段,而颛顼、帝喾时代是五帝时代的重要阶段。

　　帝喾是轩辕黄帝的曾孙、颛顼的侄子。他自幼聪明过人,长大后也远见卓识。帝喾15岁起就帮助叔父颛顼治理天下,因辅佐颛顼有功,被封于高辛(今河南省商丘市南)。帝喾30岁时代替颛顼登上了帝位,他在位期间严于律己,是一位万民诚服的帝王,被后世之人誉为传说中"五帝"之一。

　　说起来,帝喾是颛顼的族侄。帝喾的父亲叫蟜极,他是轩辕氏长子玄嚣的儿子,也就是颛顼的堂弟。

　　相传,帝喾生于穷桑(西海之滨),是他的母亲握裒无意踏巨人足迹怀孕而生的。奇特的身世,注定了帝喾的不同寻常,自他出生的那一刻起就非同凡响。据说,他刚生下来的时候,就对着接生的人很严肃地说:"我的名字叫夋。"

　　夋乃是传说中的太阳鸟,也就是所谓的金乌(远古时代太阳的别称)。帝喾说自己是夋,意思是他乃太阳大神转世。太阳神就是当时大家信奉的最大的神仙,帝喾的意思就是,他就是未来的天子。

　　帝喾确实与众不同,他自幼聪明过人,十几岁时声名在外。也许是相信了帝喾的转世灵童身份,在他15岁那年,颛顼就把帝喾召到自己身边,帮助处理国家大事。帝喾因此积累了丰富的从政经验。

　　不久后,因帝喾辅佐政务有功,颛顼就将他封在高辛,因此,帝喾又被称作"高辛氏"。颛顼死的那一年,帝喾正好30岁。由于颛顼的几个儿子如穷蝉、老童等人都不成气候,帝喾也就顺理成章地接替了他君王的位置。

和好战的颛顼不同,帝喾是一个和平主义者。他不爱打仗,也很少滋生事端,主要精力,都放在国家的治理上。

作为一个部族首领,帝喾能顺应自然规律,因地制宜地组织臣民发展生产。同时,他又是个慈善的君主,他自己很注意节俭,平时穿着普通百姓的衣服,与百姓一道参加生产劳动。他不谋私利,对臣下态度和蔼,在当时的统治区域内威望很高。

帝喾在位七十余年,天下大治,人民安居乐业。三国时期,著名文学家曹植曾作《帝喾赞》赞扬过这位仁德的君主。

相传,帝喾共有四妃四子,他的几个儿子在中国历史上也是很有名的,。帝喾的元妃姜嫄生了弃(即后稷),弃是周的始祖。次妃简狄生了契,契是商的祖先;次妃常仪生了挚,挚继承了喾的帝位,因不理朝政,在位仅9年即被废,后将王位禅让给帝尧。帝尧为帝喾的另一次妃庆都所生,他是历史上有名的圣贤之君、五帝之一。

好君主帝尧

　　帝尧也是上古五帝之一。尧生于丹陵，自幼和母亲住在一起，也就是伊侯之国，尧是他的谥号，因封于唐，故称"唐尧"。

　　尧的父亲就是帝喾高辛氏。帝喾在位70年后，传位给他一个名叫挚的儿子。尧13岁时开始辅佐挚，到18岁时，尧代替挚做了天子。帝尧在位百年，有功德，有政绩，他常常征求四岳的意见，而且设立谤木，让平民发表意见。另外，他还设立多项政权组织，要求荐举贤人，加以任用，后让位于舜。

　　尧是天帝帝喾与第三个妻子庆都生的儿子，长大以后帝喾派他到人间做了帝王。

　　尧生性俭朴，为人和善，爱民如子，因此，备受百姓爱戴。尧做了君王以后，一直没有一个宫殿，大臣们都建议为他建造一座宫殿，有的说要为尧建造一个金碧辉煌的宫殿；有的说宫殿要以金为地，以玉为阶；有的说宫殿的柱子要用美丽的大理石来做；有的说宫殿的顶部要用最好的木料搭成，还要在外面包上金光闪闪的金皮；有的还说要在顶部镶嵌上银制的明星。总之，大臣们都希望为帝王建造一座雄伟壮丽的宫殿。

　　但是尧却不这么认为，他说："现在百姓的生活还很艰苦，我不能独自享乐，就用茅草来盖吧。"于是，他命人用参差不齐的茅草盖了一座房屋，屋子的柱和梁也是用山中粗糙的木头架的，这个房屋十分简陋，连平民百姓的都不如。

　　尧平时穿的衣服也很普通，只穿粗麻布衣，天冷了就加一件鹿皮披衫，挡挡风寒。而他使用的器皿不过是些土碗土钵。人们见他这样俭朴，感慨地说："恐怕连守门小官过的日子都比尧要好些呢！"帝尧却不这样认为，他认为帝王不应该比人民生活得好，而应该想办法让

人民生活得好一点。守门小官天不亮就起来开门，半夜三更才能睡觉，晚上有急事需要开门时还得早点起来，比自己辛苦多了，应该生活得好一点。

帝尧对百姓十分关心，当看到百姓有难，就忧心如焚，假如国中有一个人身上没有衣服穿，尧一定要说："这是我使他穿不上衣服的。"假如有一个人饿肚皮，没饭吃，尧必定会说："这是我使他饿肚子的。"假如国中有一个人犯罪，尧也一定会说："这是我害他走入罪恶深渊的。"

他就是这样，把一切责任都担在自己身上，严己宽人，爱护百姓，以仁治国的。因此，国中百姓也像爱自己的父母一样热爱帝尧。

尧的仁爱不断地传到上帝的耳朵中，连上帝都为他的仁慈所感动，因此，在他统治的 70 年里，陆续有天降吉祥的事情发生，这大概都是由于尧的德化所致吧。

尧制棋教子

帝喾看到自己的儿子有出息，便把尧封为唐侯（唐是大的意思），从此尧又被称为"唐尧"。唐尧的封地在刘邑，于是尧成为管理强大的刘氏族的首领，而刘氏族以前的首领佩服尧的才干，甘愿让贤。尧20岁时，接替帝喾当上了中原部落联盟的大首领。后来，尧老了，认为儿子丹朱的德行，做刘邑陶唐氏族首领还可以，但做天子就不够了。所以他决心要对儿子好好地培养一番，于是就创制了棋，用棋艺来让儿子懂得做人的道理。

相传，上古时期尧都平阳，平息协和各部落方国以后，农耕生产和人民生活呈现出一派繁荣兴旺的景象。但有一件事情却让帝尧很忧虑，妻子散宜氏所生子丹朱虽长大成人，十几岁了却不务正业，游手好闲，聚朋斗狠，经常招惹祸端。

大禹治平洪水不久，丹朱坐上木船让人推着在汾河西岸的湖泊里荡来荡去，高兴家也不回。散宜氏对帝尧说："尧啊，你只顾忙于处理百姓大事，儿子丹朱越来越不像话了，你也不管管。"帝尧沉默了很久，心想：要使丹朱有所改变，就应该教他学会几样本领才行，于是便对散宜氏说："你让人把丹朱找回来，再让他带上弓箭到平山顶上去等我。"

此时，丹朱正在汾河滩和一群人戏水，几个卫士不容分说，强拉着他上了平山，把弓箭塞到丹朱手里，说："你父帝和母亲叫你来山上打猎，你可不要辜负父母的期望。"丹朱心想：射箭的本领我又没学会，怎么打猎呢？丹朱看看山上荆棘满坡，望望天空白云朵朵，哪有什么兔子、飞鸟呢？这明明是父母难为自己！于是他执拗着就是不动，卫士们好说歹劝，丹朱还是坐着不动。他们正吵嚷着，帝尧从山下被侍从搀扶着上来了，衣服也被刮破了。看到父亲气喘吁吁的样子，丹朱不免有些心软，

只好向父帝作揖拜跪。

　　帝尧擦了把汗，坐到一块石上，问："不肖子啊，你也不小了，十七八岁了，还不走正道，猎也不会打，等着将来饿死吗？这么好的山河，你就不替父亲操一点心，把土地、山河、百姓治理好吗？"丹朱眨了眨眼睛，说："天下百姓都听你的话，土地山河也治理好了，哪用儿子再替父亲操心呀。"帝尧一听丹朱说出如此不思上进的话，叹了一口气说："你不愿学打猎，就学行兵征战的石子棋吧，石子棋学会了，用处也大着哩。"丹朱听父帝不叫他打猎，改学下石子棋，感觉新鲜，于是扔掉箭，要父亲立即教他。帝尧说："哪有一朝一夕就能学会的东西，你只要肯学就行。"说着拾起箭来，蹲下身，用箭头在一块平坡山石上用力刻画了纵横十几道方格子，让卫士们捡来一大堆山石子，又分给丹朱一半，手把手地将自己作战谋略化作棋术，传授讲解给丹朱。丹朱此时倒也听得进去，显得有了耐心，一直教到太阳要落山的时候。

　　此后一段时日，丹朱学棋很专心，也不到外边游逛，散宜氏心里踏实些。帝尧对散宜氏说："石子棋包含着很深的治理百姓、军队、山河的道理，丹朱如果真的回心转意，明白了这些道理，接替我的帝位，便是自然的事情啊。"

尧的乐官夔

帝尧是一位仁爱、贤明、节俭的好国君，传说他住在茅草屋内，生活非常简朴，还体察民间疾苦，因而受到人们的爱戴。上天也顾念这样的仁君，传说在他所居的茅屋之内，一日就出现了十种祥瑞的征兆。尧手下还有一批贤明能干的臣僚，有"羲仲""羲叔""和仲""和叔"分居东、南、西、北四方，尽职掌管四时的工作。有"后稷"管理农事，"夔"作乐官，"舜"管教育等，各大臣尽职尽责，辅佐尧帝，治理天下。

传说，尧的发祥地是山西汾水流域。在尧做国君的时候，将社会管理得井井有条，农业、手工业、法律、音乐、教育，都有固定的专人管理，这些管理者都是当时的行家。尧的手下有个乐官，名叫夔，乐官夔通晓音律，在历史上非常有名。

有人说夔只有一只脚，还有人说他和东海流波山的那个一只脚的夔有些什么渊源关系。实际上只是谣传而已。夔非常精通音乐，帝尧也从不以貌取人，他看夔在音乐方面这么有才华，所以就聘他做了乐官。

夔做了乐官以后，看到人们生活贫穷，又经历了大旱、大水等众多灾害的侵袭，经常忍饥挨饿，吃不饱饭，有时，为了那么一点粮食，贫穷的人们时常发生争斗事件。他们你抢我夺，有时双方打得鼻青脸肿，这样既伤和气，又影响社会的安定。到底怎样才能平息人们如此的情绪呢？夔认为音乐可以调节人的情绪，因此他决定利用音乐来为人类造福。

于是夔仿照山川溪谷的声音，创作了一支乐曲，取名为《大章》。《大章》乐曲音律优美，平和柔缓，如涓涓细流，滋润心田；又似潺潺小溪，仿佛能流入人的心底，触动人内心的灵魂。无论是谁，只要听到这支曲子

都会受到感动，即使是脾气非常暴躁的人，听到这支曲子也会变得心平气和，无心争斗。

《大章》乐曲流传开之后，使许多无谓的争端缓和了下来，对人心的安定起到了重要的作用。这之后，夔又把一些石块、石片按音律排放，有规律地敲击，可以发出悦耳的合鸣，十分动听，以至于各种各样的飞禽走兽听到之后，都应和着节拍有节奏地跳起舞来，可见这种合鸣的感染力有多么强大。

就这样，乐官夔以他的天才和智慧，创作出了许多优美的乐章，给人们的生活增添了无穷的乐趣。

一般我国传统把尧、舜、禹时期称为"圣贤"时代。因为尧、舜、禹的品德好，他们领导氏族部落的时候，出现了原始社会很少有的安宁和太平景象。

后人追述那时的世道说："帝尧之世，天下大和，百姓无事。"人们过着"日出而作，日入而息，凿井而饮，耕田而食"的自由自在的安宁生活。

灶神穷蝉

在我国古代人们信奉的众多神灵中，灶神在民间的地位是最高的。

灶神是中国民间信仰最普遍的神祇，几乎各民族都有供奉。对灶神的崇拜，从早期的企求降福，到后来的祈盼避祸，曲折地反映了古代人们对自己命运的茫然不解，只能把自己遭遇的各种吉凶祸福托之于神，而生怕灶神有怨言、说怪话、发牢骚的种种禁忌，则被统治者加以利用，成为束缚人们思想的一种工具。

过去，每年农历腊月二十三这一天，人们都要过小年，这一天人们要祭祀灶神。至今，我国的一些农村地区还保留着这样的风俗习惯。

民间一般称灶神为"灶君菩萨"，灶神是中国古代神话传说中主管炊事的神祇，而中国人历来主张"民以食为天"，因此，灶神是中国古代社会老百姓十分亲近的神灵，无论宫廷还是民间，对于灶神的祭祀非常普遍。

灶神也称为灶王爷，名叫穷蝉，是掌管炉灶的神仙。此外，他还是人类生活的"纪律监督员"，谁家做了哪些好事或者干了什么坏事他都知道。他有两个助手，一个叫"善罐"，一个叫"恶罐"，他们手里各自捧着一个罐子。"善罐"的罐子是用来储存人间善事的，"恶罐"的罐子是用来储存坏事的。每年到了年底，灶神都会清点两个罐子里的记录，向玉帝汇报后，做善事的人会得到好运，做坏事的人会遭到报应。

由于玉帝规定灶神每年在腊月二十三到天庭汇报工作，禀报人间一年来的善恶，所以为了让灶神在玉帝面前多说好话，求得来年衣食丰盛、好运连连，民间百姓在每年的这两天都要献上最好的供品，好好地敬奉祭祀他。

不过，人们偶尔也会"捉弄"灶神。

有一年的腊月二十三，灶神早早起来打扮了一番，准备清点善罐和恶罐中的记录。这时，他忽然闻到了一股饭香，于是连忙来到各家各户的炉灶前，看到他们在灶台上摆出了各种美味的供品。灶神的口水直流，肚子饿得辘辘叫，忍不住拿起那些供品吃了起来。

供品确实很好吃，可是灶神很快发现不对劲了，他的牙齿被粘住了，接着他又感觉头晕乎乎的，好像喝醉了酒似的。

这是怎么回事？灶神大惊失色，连忙派"善罐"和"恶罐"去查探，这才知道，原来人们在供品里放入了汤圆、麦芽糖，还有醪糟。汤圆和麦芽糖都具有很强的黏性，吃到了嘴里，只要用牙齿去咀嚼，肯定就会被粘住，而醪糟则含有酒精，吃下去后就等于喝了好多的酒，怎能不醉呢？其实，人们这样做是为了让灶神上天后在玉帝面前少说坏话。

灶神的牙齿被粘住了，而且又醉醺醺的，上天庭后，玉帝问他十句，他只能回答一句，而且还是费了好大的劲，每回答完一句，他的脸都憋得通红。玉帝一见问不出什么来，就让他退下去了。看来，人们的这个办法还是非常管用的。

许由洗耳

在中国的历朝历代中,仁人志士有的选择在朝为官,有的却不愿意流入世俗,反而喜欢和大自然亲近,仿佛那里的山、那里的树、那里的溪流、那里的鸟鸣,都是大自然给他的恩赐,这类人就是隐士。

在中国历史上,最早有两位大隐士,它们就是巢父和许由。他俩共同演绎了一桩千古佳话,为后人所传诵,而这故事又是怎样发生的呢?

尧渐渐老了,但是他的儿子丹朱却很不成器,因此,尧一想起国家的前途就非常担忧。

丹朱虽然很有才华,但品行极差,整天无所事事,东游西逛,做出许多恶劣的事来。有一次,丹朱在路上行走,突发奇想地叫人搬来一只船,他坐在船上,让随从拉船前行,还美其名曰"陆地行船"。尧见丹朱不成器,便不想把帝位传给丹朱。尧一有空便留心打听天下的贤才,他想把帝位让给一个有才德的人,为民造福。

有人推荐了阳城的许由,据说许由非常有才能,但他淡泊名利,与世无争,清高孤傲,因此,美名四扬。尧听说后立刻去拜访许由,并向他说明自己禅让天下的来意,可许由委婉地谢绝了尧的好意,并连夜跑到箕山下面的颍水边去居住。

尧见许由不愿做帝王,又派人去请他来做九州长。清高的许由听了更加讨厌,赶快跑到颍水边上,捧起水来洗自己的耳朵,好像那些话会弄脏了他的耳朵一样。

许由有个朋友叫巢父,此时,正牵着一头小牛来到颍水边饮水。他见许由行为古怪,便问其缘由。于是,许由把尧准备聘他做九州长的事

告诉了巢父,并说:"我真讨厌这种庸俗的话,它会弄脏我的耳朵。"

巢父是个心直口快的人,他听了许由的话后,说:"假如你想做真人,可以隐居山林,没人会知道你的。如今你东游西逛,自吹自擂,生怕别人不知道,自己造就了名声,却跑到这里来洗耳,可不要把我的小牛嘴巴弄脏了。"说完,巢父便牵着牛走了。

许由见状,尴尬地问:"怎么了,你不饮牛了?"巢父头也不回地说:"我怕你的耳朵脏了我的牛,所以到上游饮水去。"许由一听,羞得满脸通红,狠狠地瞪了巢父一眼,又继续拼命洗耳朵。不料,洗着洗着,他的耳朵竟变成了驴耳朵,尖尖地竖在了头的两侧。

据说到现在,箕山(位于河南省登封县)上还有许由的墓穴,山下有牵牛墟,颍水旁有犊泉,石头上还有小牛的足迹呢!人们说那就是巢父从前牵牛饮水的地方。

巢父、许由这两位洪洞的隐君子,虽未登帝位,但却以六根除净的仙风道骨惊天地泣鬼神,被历代高人吉士、贤达俊哲高山仰止,景行行止。巢父、许由身上氤氲着一种至美至洁的文化气韵,这两个远年的标识,几乎可以成为一个民族的人格坐标。

丹朱化鸟

朝代的更替，君王的转变，本是有能力者坐拥天下。尧有十个儿子，十个儿子当中，丹朱是年纪最大的，可也是最不成器的一个。丹朱为人骄傲暴虐，常和伙伴们带了随从臣仆，到各地去漫游，稍不如意的地方，就要迁怒于人，大发脾气，虐待他的臣下。

尧是一位贤明的君主，他见儿子丹朱不成器，所以决定把帝位让给舜。可是，他害怕丹朱不服，一时冲动起来闹事，于是先把丹朱放逐到了南方的丹水，并封他做了诸侯。

尧在年迈之际，舜就代理尧行帝王之政，并赢得了天下人的普遍拥戴。尧去世后，舜本应理所当然地继承王位，但聪明的舜却让贤于丹朱，自己则躲到南河的南岸隐居起来。此时，人们只感恩舜的功德而摒弃丹朱的不贤，虽然丹朱身为帝王，但各路诸侯却不理会丹朱而争相去朝拜舜，朝野一片颂歌尽是赞美舜的。因此，舜最终从幕后走到了台前，顺利登上了帝王之位。

舜在位时，不仅仅继承了先帝的美德，而且也像先帝一样把一些不成器的后人相继流放到偏远的地方。但是舜却对尧的不贤之子丹朱例外，他还赐封地给丹朱。

然而，丹朱一直痛恨父亲疏远他，不将帝位传给自己。丹水距离三苗国很近，三苗国国王抓住丹朱贪图享乐与渴望称霸天下的特点，为他送来种种奇珍异品，并表示愿与他结为联盟，共同进攻中原，夺取天下。

后来，丹朱与三苗的军队联合起来，在南方发动了叛乱。三苗军队非常厉害，他所统率的水军，一个个都能在水面上行走，快步如飞。原来丹水里出产一种鱼，名叫丹鱼，这种鱼每每到夏至前十天，便常从水底浮游到岸边来，鳞甲红光闪闪，在夜间望去，就像是火焰一样，割取它

们的血，涂在足上，就可以涉水如履平地。尧得知此事后，勃然大怒，誓杀丹朱。他马上集结了军队，前去镇压，他不愿意因为丹朱的缘故而改变自己用舜为帝的决心。

尧亲自赶赴南方，去平定乱事。战争开始的时候，由于尧的军队不习惯在水面上战斗，而丹朱的水军一个个都非常厉害，所以吃了几次败仗。但是姜还是老的辣，尧用自己的智慧，加上当地人民的帮助，在接下来的战斗中。很快，尧的军队便打败了丹朱及三苗联军，丹朱也战死了，国家很快恢复了平静。

丹朱死后不久，灵魂化做了一只水鸟，形状像猫头鹰，一对脚爪却像是人手，叫起来发出"朱朱"的声音，人们说那是它在叫着自己的名字。据说它出现在哪里，哪里的士人就将会被放逐。

丹朱的子孙后代在三苗国附近也建立了一个国家，叫朱国。这个国家的人长得非常奇特，人脸，鸟嘴，常用嘴在海滨捕鱼。他们背上还长着翅膀，但却不能飞翔，只能用它们做拐杖，扶着一拐一拐地走路。

共工怒触不周山

几千年前,我们的祖先尚不知如何解释各种自然现象,不了解自然规律,因此把各种疑惑归之于神的存在,而自然之力也因而被形象化、人格化。神话传说,歌颂的是人们心目中的英雄,同样也斥责为非作歹的恶人,继而也就塑造出了神话中盘古、女娲、黄帝等传奇人物,以及蚩尤、共工等恶人的形象来。尽管他们都是神话传说中的人物,但在他们身上既有我们学习的英雄气概,又有令我们借鉴的宝贵经验。

天帝的臣子中有一位凶恶的水神名叫共工,是炎帝后裔火神祝融的儿子。他的相貌非常奇特,长着人面蛇身,头发火红。共工性情火暴,一直对颛顼的统治不满,总想为自己的祖先炎帝报仇。

共工手下有两个恶名昭彰的恶神:一个是长着9个脑袋的相柳,它也是人面蛇身,全身青色,性情残酷贪婪,专以杀戮为乐;另一个是长得凶神恶煞一般的浮游,也是一个作恶多端的家伙。他们几个狼狈为奸,经常干坏事,祸害天上和人间。

眼见颛顼的统治越来越不稳固,共工感到时机到了,便自立盟主,和天上受压迫的众神统领着炎帝残败的余部向颛顼发难。这场战争持续了很长时间,从天上一直打到人间,最后战到了西北方不周山的脚下。

不周山山形奇崛突兀,犹如一根巨大的柱子,直上云霄。军队打到天柱下面。共工是个急脾气,本来这场战争持续的时间就很长,现在已经打到天柱下面,双方军队还在僵持,而任何一方也未能将对手打败。共工看自己一时不能取胜,顿时火冒三丈,怒气没处发作,于是便一头向不周山撞去。只听"轰隆"一声巨响,这根撑天的柱子拦腰而断,坍塌下来,共工也昏死过去。

共工发动战争，以害人开始，却以害己告终。这一仗打得天昏地暗，烧毁了无数的森林，淹没了数不清的田地，给人间造成了极大的灾难，最后共工落荒而逃。共工的帮凶浮游被烧得遍体鳞伤，一气之下跳进淮水淹死了。长着9个头的相柳，也吓得躲在昆仑山再也不敢出来了。共工的坏儿子被气得患了重病，死后变成厉鬼，每逢冬至就出来祸害人间。人们知道他害怕红豆，所以每年冬至都做红豆稀饭吃，他一见红豆就吓得躲远了。

不周山被撞断后，整个宇宙发生了巨大的变动。西北的天空失去撑持，倾斜下来，被拴系在北方天空的太阳、月亮和星星不由自主地朝西天滑落，于是形成了今天日月星辰东升西落的运行规律。宇宙间再也没有一些地方永远是白天、一些地方永远是黑夜的苦难了；同时，东南大地受山崩的巨震，也陷下了一个巨大的深坑，从此江河也都向东流去，这就是我们今天所见的江河的流向。

据说这不周山最初也是因共工而得名，他这一撞，撞坏了山体，使山的形体残缺而不周正，因此，人们给它取名为"不周山"。

十日并出

在中国神话故事中，传说天上有 10 个太阳，这是怎么一回事呢？用现在科学的观点解释，这是由特殊的大气条件所造成的一种奇异的大气光学现象，气象学上称之为"幻日"。

神话之所以能够被一个民族的成员们深信不疑、代代相传，并在神圣的宗教和仪礼中用各种庄严的手段虔诚地再现，是因为神话是一个民族的宏伟叙事，也是一个民族的史诗，在古人看来，它就是他们祖先的真正历史。且让我们听听神话里的"十日并出"吧。

最初，天上有 10 个太阳，他们都是伟大的天神帝俊和美丽的女神羲和所生的孩子。他们住在东方的汤谷，据说汤谷的海水像面汤一样滚热、沸腾，也许是因为 10 个太阳经常在里面洗澡的缘故吧。汤谷里生长着一棵大树，名叫扶桑。这棵大树实在奇特，竟然可以长期生长在沸腾的海水中，高有几千丈，粗一千多围，它就是太阳们的家。这 10 个太阳都很听话，每人值班一天，由母亲羲和驾着车子伴送出入，交替出现在天空。1 个太阳出门，其余的 9 个太阳就留在扶桑家中休息或玩耍。就这样日复一日，年复一年，后来，他们都厌烦了这种呆板、乏味的工作和生活，顽皮的性格开始显露出来。

一天晚上，太阳们全都聚在了扶桑树的枝条上议论起来。他们决心改一改规矩，一起出去玩个痛快。第二天早上，10 个太阳欢蹦乱跳地一齐跑了出来，他们谁也不去坐母亲的那辆车子，四散在广阔无垠的天空之中。这下可把母亲羲和给急坏了，她说这个，劝那个，可是孩子们根本不去理会，只管自由自在地遨游于天空之中。

10 个太阳无拘无束地在天空中玩了整整一天，尝到了自由的甜头，再也不想回到原来的日程里去了。于是向母亲郑重宣布，以后他们就

要像今天这样，结伴同行，决不再坐那辆车子了。

　　10个太阳只知自己玩得痛快，他们哪里知道，因为他们鲁莽的行为，给大地上的人们带来了多大的灾难。十日并出，光焰交错，十分灿烂，天空成了太阳们的世界，但热力太大，给人间带来了可怕的灾难。大地上再也找不到一片影子，炎热的土地被烤焦了，禾苗被晒死了，山石沙土快要熔化了，河水沸腾了，茂密的森林变焦了，人们热得连气都喘不过来。人们又热又没有吃的、喝的，难受极了。到处都有渴死、饿死的人，尸体在10个太阳的烧烤下变得干硬干硬的。恶禽猛兽逃出了火焰般的森林，到处残害家畜。人民承受不了这种酷热，在那10个太阳将要烤死所有人的时候，人们对这10个太阳怨恨到了极点。

　　有一天，当10个太阳正在天空高兴地玩耍时，忽然感到"头疼"，而且疼得个个热力都减弱了。原来是一个名叫妞的女巫正在作法事祈祷。太阳儿子们发现女巫后，立即齐将烈火般的阳光射向女巫。女巫拼命施展神力与太阳灼热的光芒相对抗。最终，女巫的神力衰竭了，她忍受着巨大的痛苦，大叫一声，仰面喷出一口血，倒地而死。但是，她喷出的血射得很高，洒在了10个太阳身上，从此，太阳上便有了黑子。

羿降人间

　　世间万物，无论何事，都有一个限度，若过了这个尺度，那将会带来相反的效果。在我国古代神话故事中，也反映了这一道理。就拿天上的太阳来说，本该 1 个就足以保证万物的生长作息，但突然一下蹦出来 10 个，那天下立即乱了套。

　　在帝尧统治时期，天上就有 10 个太阳，让人们无法正常生活，所以帝尧请求天帝管管他的 10 个孩子，帝俊正发愁让谁去处理这件事，大臣们就建议让勇猛的羿去接受这件比较棘手的事情。

　　人间的帝王尧眼见子民们处于巨大的灾难和痛苦之中，心里十分悲伤和焦急，他派使者多次去请求天帝，希望帝俊能够严厉地管教一下这些不听话孩子。这件事影响越来越大，众神议论纷纷，有的神仙认为他们确实应该帮助百姓，天帝考虑了一下，决定听从大臣的建议，派天神羿到人间去解决这个问题。

　　羿长得十分高大魁梧，尤其是他那双臂，相当粗壮有力。他箭术非常高明，是天上的第一神射手。天帝把他召到面前，温和地对他说："现在人间百姓需要你去拯救，你到了人间后，只需用箭射死 9 个凶恶的怪兽，把我其中的 9 个儿子们吓跑就行了，可千万别伤害他们。"天帝也当然心疼它的孩子，所以才对羿这么说。

　　天帝吩咐自己的侍从，拿来了一把赤红色的神弓和 9 支银白色的神箭。说到这神弓，那可不一般，这把神弓从盘古开天辟地后就存在了，但是从来没有人能拉开弓弦，不过当羿从侍从手里接过神弓，拿在自己的手里时，用起来却非常顺手。天帝看羿与神弓非常投缘，于是就把神弓和神箭赐给了羿，同时他再次嘱咐羿千万别伤了他的 10 个太阳儿子。

　　羿带着天帝的嘱托，背上神弓和神箭，骑着快马，带上妻子嫦娥，从

天上缓缓地降落人间。正在发愁的帝尧见到天神羿后，惊喜万分，来不及让羿和嫦娥夫妇俩休息，就迫不及待地带着羿一起去查看灾情。羿被眼前的一幕幕惊呆了，只见到处是死去的百姓的尸体，禾苗、树木都枯死了，河水干涸了，大山也被烤得发烫，到处都是热浪，整个世界都是一片炽热的火红色。

羿顿时对百姓产生了巨大的同情，同时也对10个太阳产生了无比的憎恨。怒火在他心里升腾，使他完全忘记了天帝的嘱咐。他迅速来到空地，将神箭搭上神弓，瞄准1个太阳，只听"嗖"的一声，神箭带着长长的闪电尾巴极快地射向了天空中的太阳。过了一会儿，只见天上的一个大火球猛地爆裂开来，化为火红色的碎片散落了一地。

人们欢呼着，发觉天上没有先前那么耀眼了，同时感到刮起了微弱的风。羿顾不得多想，一箭接着一箭向天上射去，他一口气又射下了8个太阳。正当羿准备射第10个太阳时，箭却没有了。那第10个太阳赶紧拼命地逃走了，从此，天上就只剩1个太阳了。

羿触天帝谪人间

作为天下的父母，没有哪一个不疼爱自己的子女，母爱与父爱可以说是世间最伟大的一种爱。在古代的神话传说中，当羿失手射掉天上多余的烈日，这对于民间的百姓来说，当然是好事，但对于天帝来说，这无疑是件噩耗，就在转瞬间，它那 10 个可爱的儿子，却只剩下一个，这怎能让他不痛心呢！

而此时，完成任务的羿带着妻子嫦娥也准备返回天上，但他们还不知等待他们的即将是什么。

天帝派羿来到人间，本来只想让他为百姓除去恶兽，并不想让羿杀掉自己的 10 个顽皮的孩子。可羿来到人间，一下射掉了 9 个太阳。天帝的 9 个太阳儿子一时毙命，这使帝俊伤心不已，他便将这一过失全部归罪到羿的身上。

羿带着精制的野猪肉膏来见天帝，天帝却闷闷不乐，对羿说："你对人民虽然有功劳，可是你却射死了我的 9 个儿子。一看到你，我就会想起他们，算了，从今以后，你和你的妻子就住在人间，不必再到天上来了。"羿听到这些话非常伤心，悲愤地离开天庭，来到人间。

可怜为民除害的羿，冒着生命危险去铲除罪恶，最后不料落得这样一个下场。在天上得不到天帝的承认；在家里，嫦娥因为不习惯人间的生活，也和他之间产生了一些矛盾。对于羿射日这件事，嫦娥也觉得自己的丈夫有些感情用事，认为丈夫有些太鲁莽、逞能，而自己，原本是天上的女神，如今受了连累，也跟着受罪，不能再上天了。

羿怅然若失，心情抑郁，每天只好毫无目的地到处游逛。在山林中去与野兽搏斗、打猎，在风驰电掣的狂奔中去麻醉自己，以此来消解自己的痛苦。

来到人间的第二天，羿突然想起了帝俊当初让他射死 9 个怪兽，于是他背着弓箭去完成帝俊交给他的第二项任务，去除掉那些怪禽猛兽。羿告别了嫦娥，第一个目标就是除掉长着蛇身人脸的天神猰貐。10 日并出时，他变成了形状像牛，红身、人脸、马足，叫声如同婴儿啼哭的猛兽，吃人无数，人们一提起他就吓得昏了过去。

经过一番艰苦的追杀，羿终于射死了猰貐。接着，羿又除掉了凿齿、九婴、大风、巴蛇、封豨等，终于完成了为民除害的任务。

羿射死 9 头怪兽后，心想自己这一次可以将功补过，于是和嫦娥向帝俊汇报了在人间除掉凶恶怪兽的经过，等待着帝俊的奖赏，准备回府继续过天神的日子。谁知帝俊一声令下，命人要将羿和嫦娥拉出去砍了。其他天神一听，纷纷前来求情。于是帝俊免去两人的死罪，再次把他们贬到人间。从此，羿和嫦娥在人间开始了闷闷不乐的漫游生活，他们知道自己再也回不到天庭了。

嫦娥奔月

月亮在中国,被人们赋予了许多不同的色彩,它既是游子寄托思念之情的载体,又是诗人笔下描述和寄情的对象。诗人张若虚就曾在《春江花月夜》里写下极富哲理的诗句:江畔何人初见月,江月何年初照人。

在我国的神话故事中,在飘缈的月宫里还住着一位美丽的仙子,它就是嫦娥。嫦娥,是中国上古神话中著名的人物,住在月亮上的仙宫。民间有很多关于她的传说以及诗词歌赋流传。

羿和嫦娥来到人间后,百姓们非常高兴,纷纷把自己家最好的食物拿出来招待他们。帝尧还特意为他们安排了一个十分舒适的住处,并嘱咐他们安心在这里住下,以后有什么事情可以随时去找他。虽然如此,但夫妻俩还是开心不起来,因为这里的环境与天庭比起来差远了。他们整天闭门不出,沉浸在无尽的懊悔之中。

有一天,满面愁容的嫦娥对丈夫说:"别的我都不怨你,就只怨你不该那么鲁莽,射死了天帝的9个太阳儿子,让我俩都贬做了凡人。如今,我们上不了天不说,将来死了以后,还得去地下阴森的幽都,和那些张牙舞爪的鬼魂待在一起。想到这些,我心里怎么能不难受呢。不过,我曾经听说,在西方的昆仑山中住着一位神人叫'西王母',她那儿藏有不死的灵药,人只要吃了那种药,就可以长生不老。你现在就去昆仑山一趟吧,如果西王母真的有那种神奇的药,你就为我们求上一点吧,这样我们就不用去幽都了。"

羿本来就觉得是自己连累了嫦娥,心里一直非常愧疚,所以立刻决定去昆仑山一趟,不管能不能得到这种神药,他都要去尝试一下。

昆仑山是仙人居住的地方,西王母就住在山顶。西王母是西方世

界一个非常古怪的神，她的相貌如人，身后却拖着一条长长的豹尾。她的牙齿像老虎一样，头发乱蓬蓬地披着，还戴了一只玉胜，看上去非常凶猛，没有一丝慈祥的神情。她喜欢啸叫，掌管着瘟疫和刑罚。此外，西王母法术高强，她不仅掌握着人类的生死，同时还可以赐予人类生命。如果她高兴还可使凡人飞升，变成天上的逍遥神仙。

据说，西王母有三只红脑袋、黑眼睛、力气很大的大鸟，名叫青鸟。青鸟经常轮流到山野之中去寻找食物，供给西王母食用，同时也负责为她传送信息。

昆仑山上还长着一种不死树，树上结有一种神奇的果子。西王母的不死药就是用不死树上的果子炼制而成的。这种果子树3000年一开花，6000年一结果，结的果子少之又少，所以不死药也异常珍贵。

攀上昆仑山相当困难，平常人根本攀不上去，它的下面环绕着弱水，弱水极深，一片羽毛掉在上面都会沉落，更不用说乘船而上了。昆仑山的外面，还环绕着焰火大山，大火昼夜不息，无论什么东西碰上它都会燃烧，有谁又能闯过这水火重围呢？所以，尽管人间早就流传着西王母有不死之药的说法，但至今还没有一个人登上昆仑山，更没有人得到过那种神奇的药。

羿满怀希望地来到昆仑山脚下，但是周围是昼夜不熄的熊熊大火，他根本没有办法通过。羿心想：这可怎么办呢？难道我就这样无功而返吗？不行！如果我就这样两手空空地回去，嫦娥一定会非常伤心难

过。可是,我怎样才能过去呢?

羿正在犯愁时,突然一位美丽的姑娘翩翩而至。她自称是洞庭湖里的大鱼,来这里是为了报答羿的恩情。原来,羿曾经帮鱼类除去了天敌巴蛇,使鱼类免遭蛇的残害。

羿摇摇头,说:"巴蛇本来就作恶多端,铲除它是我应该做的,其实你也用不着感谢我。不过,你既然来了,我还真有件事情需要你的帮助。我今天来是想到西王母那里讨点不死之药,可是这座火焰山挡住了我的去路,不知道姑娘可否帮我想个办法?"

"没关系,我这里有一些避火珠和避水珠,你有了它们就可以顺利地通过这座火焰山和山下面的弱水了。"说着,姑娘掏出闪闪发光的避火珠和避水珠递给了羿。

于是,羿顺利地来到了昆仑山。他在美丽的瑶池仙境中见到了西王母,并向她详细叙述了自己的遭遇和此行的目的。西王母虽然长相丑陋,但是心地很善良。她对羿的不幸遭遇深表同情,更赞赏他的英雄气概。她叫来身边的神鸟,吩咐它从岩洞中衔来装有不死药的葫芦。西王母从中拿出不死药,郑重地交给羿,说:"这些药足够你们两人吃,保证你们长生不老,倘若这些药都被一个人吃了,还有可能升天成神。"羿接过神药,激动万分,他谢过西王母,下了昆仑山,回到了家中。

嫦娥听说丈夫真的求来了不死之药,兴奋不已,将神药小心翼翼地收藏好。她与丈夫商量,选一个好日子,一起吃神药,羿不假思索地同

意了。此时，嫦娥的心里却十分复杂，她十分留恋天上的仙女生活，依然想做女神。如今上不了天了，全是丈夫的缘故，如果不是他触怒了天帝，自己现在还是个女神呢，照理，他应该还自己个女神才是，她这样想着，便有了将所有神药独吞的打算。

一天晚上，嫦娥趁丈夫不在家，偷偷拿出药，一口气全吞到了肚中。

奇迹果然出现了，她渐渐觉得身子在变轻，脚也离了地面，不由自主地飘了起来，飘出了窗口，飘上了天空，最后一直飞到了月宫。

嫦娥来到月宫中，就在那里落了脚。这时，她才发现那儿出奇地冷清，只有一只终年在那里捣药的玉兔和一位因学仙有过而被罚入月宫砍桂树的吴刚，这实在出乎嫦娥的意料，但已经来了，只好住下。后来，她越住越觉得寂寞难耐，这个时候才想到羿的好处和家庭的乐趣，她越来越思念羿。不过这时后悔也来不及了，因为她已经下不来了，只能一直孤零零地待在月宫之中。

羿回来后发现妻子不见了，这才想起来，妻子一定是把两份不死药全吃下去，飞离人间成了仙了。他见妻子扔下自己一个人飞上了天，气得捶胸顿足哇哇大叫，悲痛欲绝的他仰望着夜空呼唤着爱妻的名字。忽然，他惊奇地发现，夜晚的月亮格外皎洁明亮，而且有个晃动的身影酷似嫦娥。

羿急忙派人到嫦娥最喜欢去的后花园里，摆上香案，放上了她平时最爱吃的蜜食鲜果，遥祭在月宫里眷恋着自己的嫦娥。

善良的百姓得知嫦娥奔月成仙的消息后，纷纷向上天祈求吉祥平安，从此，中秋节拜月的风俗在民间就传播开了。

羿教逢蒙学射

作为有数千年灿烂文明的中华民族,自古以来就一直有着尊师重教的优秀传统。在中国,一直传承着一句古训:"一日为师,终身为父。"其意思就是说:那怕只当了你一天的老师,也要一辈子当做父亲看待。不可置疑,每一个人的老师对其自身的成长有着莫大的影响,无论是在传授知识和技能,还是教其如何做人,都有重要的意义。羿在嫦娥离开后,就遇到了自己的徒弟逢蒙,他把射箭的技巧一一传授给了逢蒙……

　　嫦娥偷吃灵药飞走以后,就剩下羿孤身一人了。接连的打击让这位昔日的英雄非常悲愤,并失望消沉了好长时间,他失魂落魄,莫大的悲哀如毒蛇般缠绕着他,撕咬着他的心。他也不怎么出去,这导致他的性情变了,脾气变得越来越坏,稍不顺心便大发雷霆。刚开始时,周围的人还能理解,但到后来,时间一长,人们就受不住他的坏脾气,纷纷溜走了,只有一个小伙子肯接近他。

　　这个小伙子就是逢蒙,也就是羿后来收的徒弟。羿有时不高兴了,就到野外去打猎。一天羿在打猎的途中,碰到一个非常年轻的小伙子,正在那里练习射箭,就十分好奇,所以偷偷在后面看,他觉得这个小伙还挺有射箭的天分,那姿势和态度,蛮有自己当年初学射箭的气势,所以,他就上前去问这个小伙子,问他愿不愿意跟随自己学习射箭,小伙子当然非常愿意,自此逢蒙就开始跟着羿学射箭。

　　羿开始也非常喜欢逢蒙,但为了磨炼他,就对他说:"你要想学好射箭,先要学会不眨眼睛,把这一点做到后,来告诉我。"逢蒙回到家中,整天仰躺在妻子的织布机下,用眼睛盯着织布机的脚踏子,练习盯住不动。起初很难做到,可逢蒙很有毅力,一直这样练下去,后来练到脚踏子动

而眼睛却不动，最后竟练到谁拿锥尖逼近他的眼睛也休想让他眨一眨眼的地步。于是逢蒙欢天喜地地跑去告诉羿。

可是羿又说："这样还不行，你还要学会把小的东西看成大的东西，练好后再来找我。"逢蒙回家以后，找了一根牛尾巴上的毛，拿它拴了个虱子，悬挂起来每天对着看。一天、两天、三天……就这样，看了几十天，最后看那虱子就跟车轮一般大了，再看别的东西，简直就成了一座座大山了。于是逢蒙又高兴地来找羿，将这一成绩告诉了羿。羿听说以后也很高兴，说："好，这下你可以学箭了。"他便将自己所有的本领差不多全教给了逢蒙。

得到真传的逢蒙，箭术一天比一天高，最后射得竟和羿不相上下，以至于天下闻名，人人皆知。一提起射箭，人人都夸奖逢蒙，他成了仅次于师父的第二人。逢蒙听到众人的赞扬，就开始骄傲起来，觉得除了师父，自己的箭法再没有人能比了。但是，一想到师父还比自己强，心里便升起了嫉妒的火。他为了超过师父，千方百计地巴结羿，在师父面前装出一副恭顺的样子，挖空心思地讨好师父，发誓要把师父的绝技全部骗到手。

羿感到逢蒙对自己非常忠心，很高兴地把一套套绝招都传给了逢蒙。

逢蒙杀羿

逢蒙跟羿学射箭，学得了羿的技巧后，他便想，天下只有羿的箭术比自己强了，于是，便杀死了羿。羿死于非命，引起后人的许多议论。逢蒙固然是个无耻小人，但羿作为逢蒙的老师，却也被认为对学生只教技术不教品德，不会识人。他一心只想自己的技艺能得到传承，却未考察徒弟的品行，而招致杀身之祸，酿成了不可挽回的悲剧。所以，从某种意义上说，他对自己的冤死也负有不可推卸的责任。

逢蒙虽然天资聪明，但有一大缺点，就是气量狭小，嫉妒心很强。随着逢蒙箭技日渐精湛，名声越来越大，他的骄傲与妒忌心理也与日俱增。他不喜欢有一个比自己本领高强的师傅，他想做超过羿的天下第一神射。可事实上，他的射箭本领仍在羿之下。

有一次，天空飞来一排大雁，逢蒙先射，连发三箭，三只雁应声落地，三箭全都射中了雁的头部。围观的人连声喝彩，逢蒙也露出了得意的神色。这时受惊的大雁四散飞去，羿才抽出箭来，连发三箭，三只雁也应声落下，同样全部射中了头部。围观的人都惊呆了，过了很久，才发出一片热烈的喝彩声。此时逢蒙才明白，老师的本领不是轻易能赶得上的。妒忌心使他变得狠毒，暗害羿的念头在他的头脑中闪过。

一天下午，羿打猎回来，走到离家不远的树林，忽然见林中人影一闪，紧接着一支箭朝他飞来，羿眼明手快，急忙搭弓，对着那枝箭射了过去，两支箭尖顶在了一起，撞出了一点火花，落在了地上。接着第二、第三支接连飞来，都被羿射了回去，双方连射了9箭，箭箭都相撞落地。羿再抽箭时，发现箭袋空了。此时，逢蒙拉弓带箭得意地站在了羿的对面，瞄准了他的咽喉，射了出去，羿应声倒下马去。逢蒙以为羿已经死了，

便走近前去,定睛看时,羿突然直坐起来,原来箭在他的嘴里咬着呢。

逢蒙害怕了,跪在地上,求羿饶恕他。羿看他那可怜的样子,鄙夷地看了看他,跨上马走了。

从此之后,逢蒙表现得十分恭顺,一副改过从善的样子,宽厚仁慈的羿对他也就深信不疑了。可是,逢蒙根本就没有一点改过的意思,他对羿的不满情绪越来越强烈。在一次打猎时,逢蒙觉得除掉师父的时机到了。于是,他和众家丁们串通起来,让其他的人在前面吸引师父的注意力;自己暗地里用桃木削成一根结实的大棍子,随时带在身边,说是用来打野兽,也可以用来挑猎物。

羿并未怀疑他,逢蒙乘羿不备,一棒打在了羿的头顶,。羿来不及躲闪,正中后脑,就这样倒在了地上,这个射日英雄就这样死去了。从此,逢蒙一见弓箭和木棒就昏厥,完全成了废人,这也许是上天对他的惩罚。英雄天神羿就这样被忘恩负义的徒弟暗杀了,直到羿死后,天帝也没有平反羿的冤案。但是,百姓却十分感激羿,奉羿为宗布神。从此,羿做了万鬼的首领,严禁鬼魅到人间作乱。

鲧窃息壤治水

　　洪荒时代，旱灾、瘟疫等各种灾害接连而至，尤其是水灾，尤为频繁，破坏力也非常强大。每到雨季，山洪暴发，平原大地，浊浪滔天，一片汪洋，人类的生存受到了严重的威胁。

　　面对大自然天灾的无能为力，让人们幻想出了一个个神话，譬如鲧治洪水、死于羽山的英雄悲剧以及大禹治洪水完成其父未竟的功业等，这些神话人物、生动情节的出现，表达了人们与大自然抗争的勇气与信心。

　　自从羿射死了天帝的 9 个儿子以后，天帝一天到晚找借口发脾气。水神共工对天帝说："既然人间那么喜欢雨，就给他们下个够！"天帝一时糊涂，竟同意了共工的建议。这大雨一下就下了 20 年，土地淹没了，村庄被毁了，洪水到处泛滥；人们都没有吃的、没有住的。

　　这件事被天神鲧知道了，鲧是天上一位赫赫有名的大神，据说他是黄帝的孙子。他看不惯共工的行为，曾经劝过天帝，但是天帝并没有理睬。他看到人们过着悲惨的生活，内心十分同情，决心要想办法救人类于大水之中。可是，用什么办法平息洪水呢？

　　一只猫头鹰和乌龟给他出主意，说："昆仑山天神那儿有一块宝物，叫作'息壤'，把它弄来一点，投向大地，土地马上就会生长加多。"鲧一听，非常高兴。可是，息壤是天帝的至宝，藏在深宫中。鲧经历了千辛万苦，终于来到昆仑山下。他被一片湖水拦住了去路，鲧想从水中淌过去，谁知湖水很深，一下去便沉到水底，水底的一只灵龟把他驮上岸，还送给他一件隐身宝衣。鲧谢过灵龟，往前走，又被一座火焰山挡住了去路。鲧在大鹏金翅鸟的帮助下，顺利地飞过了火焰山。大鹏鸟又送给鲧两根羽毛，这样鲧就能像大鹏鸟一样飞翔了。鲧辞别了大鹏鸟，不一

会儿，就来到了行宫门口，门口有凶恶的神兽把守，鲧穿上灵龟送的宝衣，取出了息壤。然后把两根羽毛插在脚上，飘飘荡荡地回到东方。

鲧带着息壤，立刻来到了人间。息壤果然很灵，只用少许一点，就可积山成堤。由于鲧信奉水来土掩的道理，所以，他在有洪水的地方四处设堤建坝。然而，这样做的结果却是让洪水改道，淹不了这头，淹去那头，这也不是解决问题的最终办法，人类还是饱受洪水的肆虐，依然叫苦连天。

后来，天帝看到人间一片疾苦，也恨自己当年一时的冲动，不免有些悔意，所以对鲧盗息壤下界的事，他只是睁一只眼闭一只眼，可是鲧治水的结果却让情况变得越来越糟。接下来该怎么办？这事的确让天帝感到头疼。太白金星看着天帝一天天皱着眉头，也深知玉帝此时骑虎难下的处境，苦思数日之后，想出了一条绝世妙计。玉帝听了他的话后，茅塞顿开，于是他派火神祝融，下界把鲧抓住，从他手中夺回了息壤，并将鲧处死在了北极之阴的"羽山"。

彭祖的故事

　　随着社会生活水平的不断提高，人们也越来越注重养生，无论是在饮食上，还是在生活上，都特别注意。其实在中国的古书中，同样记载了很多养生之道，其中，彭祖大概是我们所知道的中国历史上最长寿的人物了。他是传说中中国古代养生学奠基人，大彭氏国创始人，华夏最长寿老人，传说寿高八百。屈原也将其写进楚辞，而大文学家司马迁同样将其记入自己的著作《史记》中，圣贤孔子对其也表示钦佩。

　　彭祖是我国神话传说中有名的长寿仙翁，据说他一共活了八百余岁。但彭祖少年时，生活得十分困苦，后来，他拜尹寿子为师，修炼仙法，寿命比常人长得多。不过彭祖还是觉得寿命很短，他想来想去，终于想出了一个好办法。

　　有一天，彭祖做了一份野鸡汤，献给了天帝，天帝非常高兴，因为他从来没有喝过这么鲜美的野鸡汤，他想赏赐彭祖，就问："你想得到什么？我会满足你的愿望。"

　　彭祖一听，非常激动地说："我想长寿。"

　　天帝考虑了一会儿，说："这样吧，你不是在做鸡汤前杀了一只野鸡吗？那你就去数一数拔下了多少根鸡毛，有多少根鸡毛，你就能活到多少岁。"

　　彭祖非常高兴，赶紧去先前杀鸡的河边，拿起一把鸡毛数啊数，一共数了 800 根，也就是说，他能活 800 岁。这时，他不禁有些后悔，因为他在洗野鸡时顺手拔了一些鸡毛扔到河里去了。如果早些知道天帝会这么赏赐他的话，他的寿命一定会更长了。

　　彭祖怕天帝反悔，于是就找到管理"神仙生死簿"的陈抟老祖，想把

自己在生死簿上的名字划去。陈抟老祖一见到他就说："老朋友，我想好好睡上一觉，你就暂时帮我掌管生死簿吧！"

彭祖大喜过望，这样的机会是再好不过的了。等陈抟老祖睡着了，彭祖才不慌不忙地拿起生死簿，直接撕掉了写有他名字的那一页，然后就放心地下凡了。

其实天帝早就反悔了，只是在生死簿上找不到彭祖的名字，人间那么大，人又那么多，根本找不到他。

有一天，彭祖的第50个妻子去河边洗衣服，看到一个年轻人在河边洗东西。她走过去时见那年轻人手里拿着一块黑炭，嘴里还唱着："洗黑炭，洗黑炭，洗白了黑炭去卖钱……"

彭祖的妻子不知道这个年轻人就是天帝派来捉拿彭祖的小鬼，便笑着说："真是可笑！我家相公活了800岁也没见过黑炭能洗白的。"

小鬼问："你家相公是谁？"

彭祖的妻子说："是彭祖。"

小鬼听了大笑，因为他终于找到了彭祖。当天夜里，彭祖就死了。

舜的诞生

据《史记》所载："天下明德，皆自虞舜始。"舜帝是道德文化的鼻祖，也是传说中的上古帝王。

舜帝文化精神之魂可称为"德为先，重教化"，舜文化是由野蛮走向文明的历史转折时期的中华文化。以农耕文化为内涵的炎帝文化，以政体文化为内涵的黄帝文化，以道德文化为内涵的舜文化，共同构成了中华文化三座里程碑；但与舜显赫的地位并不相应的是，他却有着非常悲惨的童年。

舜出生在一个贫寒的家庭，他的父亲是个瞎子，名叫瞽叟，他的母亲是一个勤劳善良的女人。舜没出生之前，瞽叟夫妇在乡邻中名声非常好，妻子贤惠，丈夫勤劳奋进、乐于助人。美中不足的是，他们结婚好几年了依然没有孩子。为此，瞽叟急得天天烧高香、拜神仙，希望能有个儿子。

有一天晚上，瞽叟梦见一只凤凰，嘴里衔着大米前来喂他，还说："我是来给你做儿子的。"瞽叟醒来，连忙把这奇怪的梦讲给妻子听。说来也怪，没过多久，妻子果然怀孕了，给他生了个儿子，名叫舜。

刚出生的舜非常可爱，看起来也聪明伶俐，但唯一遗憾的是，舜出生没多久，他的母亲就病死了。过了段时间，瞽叟又娶了一个妻子，生了一个儿子，名叫象；又生了一个女儿，叫媒首。舜的继母很坏，把舜视为眼中钉，经常在瞽叟面前说舜的坏话。吃饭时，她给自己的儿子吃最好的，却给舜吃剩饭；晚上睡觉时，她搂着亲生儿子象睡觉，却把舜赶到牛圈里去。

舜生长在这样的家庭自然没有好日子过，不但要干所有的家务活，还得忍受继母和象的欺辱，也就只有妹妹媒首比较同情他。尽管如此，

舜的内心也没有怨恨，他对父母依然很孝顺，对弟弟妹妹也很谦让，还经常从野外摘一些可口的野果子给他们吃。乡邻们纷纷传扬着舜孝顺父母的美名。

当时帝尧正想找接班人，当他听说舜的事情后立即派人去调查核实，结果证明人们的称赞都是真实的，于是帝尧准备把帝位传给舜，但在这之前，他还想再考察一段时间。他把自己的两个女儿娥皇和女英嫁给舜，又让9个儿子和舜成为朋友，以此来增加对舜的了解。

帝尧召集了所有大臣，然后让舜当众与他们展开辩论，以此来考察他的才能和智慧。舜的表现让帝尧很满意，不过他还要给舜出最后一个难题，他让舜孤身一人前往深山老林，以考验他是否有足够的耐力和勇气去面对寒冷、恶劣的环境以及各种凶猛的野兽。

舜没有辜负帝尧的厚望，他成功地走了出来，从此，帝尧就把舜留在身边，辅佐他处理国事，打算等时机成熟的时候再让位于舜。

尧王嫁女

尧王是上古时候的部落联盟领袖,也是位贤明的君主。传说他有两个美貌如花的女儿,大女儿名叫娥皇,是尧王的养女;小女儿叫女英,是尧王亲生的骨肉。但是尧王对谁也不偏心,把养女娥皇视为己出。两个女儿固然是好,但却不能继承王位,代替尧来管理国家,尧王对此也比较忧心。看着自己日渐年老体衰,自感治国心有余而力不足,于是想把国君禅让给舜,并且决定将自己的两个女儿都嫁给舜。

舜是个英明的君主,在部落里很受爱戴,娥皇和女英要一起嫁给舜了,姐妹俩打心眼里高兴。但是尧的妻子想让自己的亲生女儿女英做舜的正夫人,让养女娥皇去做偏房,尧王无论如何也不同意妻子的主张。但是又碍于妻子的情面,尧王只好决定用比赛的形式来考察两个女儿,看谁更有能力做正房。

尧和群臣商量之后,尧王出了三道考题,并且宣布取胜的女儿才能做舜的正夫人。

第一道考题:煮豆子。尧王分别给两个女儿十粒豆子和五斤柴火,谁先煮熟谁就获胜。姐姐娥皇经常在厨房帮忙做饭,轻车熟路,她在锅里只倒了一点水,豆子很快就煮熟了,而妹妹女英对做饭却一窍不通,豆子尚未煮熟,柴火已经烧完了,豆子还是生硬的。

第二道考题:纳鞋底。尧王让妻子取来一双鞋底和两把纳鞋用的绳子,分给两个女儿,规定谁最先纳完鞋底谁就取得胜利。姐姐娥皇经常纳鞋底,手艺熟练还有计划,将绳子分成 5 尺一小节。娥皇才做完准备工作的时候,女英已纳了一尺多绳子了,女英暗中高兴——这一回可要领先了。但是没想到娥皇虽然动手迟,但速度快,眨眼间娥皇的鞋底

已纳了多半只了。女英一见超过了自己，越急越出汗，汗水浸湿了绳子，拉得更费劲了。时间已到，又是娥皇赢得了比赛的胜利。姐姐娥皇纳得平平展展，不仅好看而且十分结实。妹妹女英纳的鞋底歪歪扭扭，凹凸不平。尧王看了直皱眉头，女英的母亲更是十分焦急。

姐妹俩出嫁的那天很快就来了，大家都喜气洋洋地准备去送两个新娘子。但在动身之前，尧王又出了第三道考题：比谁快。姐妹俩谁先到历山坡南边舜帝的住处，谁就获胜。这个时候偏心的尧妻说话了："娥皇是姐姐，应该坐马车，三马拉车显得很排场。女英是妹妹，就应该骑骡子，一个人骑骡子不会快。"尧王明知妻子很偏心，想据理力争，但是出嫁的时辰已经到了，再给姐妹俩换同样的坐骑已经来不及了。

妹妹女英骑骡子，抄近道飞快地赶路，而姐姐娥皇坐着马车慢慢地前进。没想到的是，女英走到半路，骡子突然下驹了，无法继续前行。这个时候娥皇的马车也恰好赶到了。娥皇见妹妹急成这样，心疼妹妹，急忙下车把妹妹拉上马车，两人在马车上有说有笑，开开心心地抵达了舜帝的住处。

舜帝与娥皇和女英成亲之后，相敬如宾，对两个妻子没有长次偏正之分。姐妹两人齐心协力共同辅佐舜帝治理天下，为老百姓做了许多好事，传为美谈。

象谋害舜

　　舜是远古时代继帝尧之后一位圣贤，在当上部落联盟首领以前，他的身世很可怜。舜的生母很早去世了，父亲又娶了个继母，继母生了个弟弟象。

　　继母和象待舜很不好，他们几次三番设毒计加害舜，大度的舜最终都是以德报怨，依然孝敬父母，善待兄弟。他良好的品行得到了帝尧的认可，帝尧推举他做了部落联盟的首领，为广大百姓造福。

　　舜突然成了帝王的女婿，消息立即传遍了全国。人们议论纷纷，有的羡慕，有的嫉妒。在朝为官一段时间后，舜觉得有必要带媳妇去看望父母弟妹，所以，他挑了一个好日子，领着自己两个貌美的妻子娥皇和女英，带着许多礼物，准备回家，探望父母。到了家以后，舜非常高兴，也非常和气，并不因为自己做了官，便不把身份低微的家人放在眼里，他还是和以前一样孝敬自己的父母，疼爱自己的弟妹，娥皇和女英也非常贤惠，回家就开始帮忙做家务。

　　尽管舜一家都非常好，可是舜的后母和弟弟象，觉得舜是一步登天，内心非常不自在，看到以前他们根本瞧不上眼的舜，如今成了天子的女婿，妒火中烧，心里很不是滋味。

　　舜一家走后，他们立刻商量起来，阴险恶毒的象看到两个嫂嫂貌美如花，温柔贤惠，就对两个嫂嫂垂涎三尺，他心想，如果害死哥哥，她们就成自己的人了。按当时的风俗，弟兄死了，就可以占有对方的妻子。母亲则贪舜的家财，于是大家合谋，准备害死舜。

　　这天，弟弟象来到了舜的家中，说道："哥哥，明天爹要修谷仓，叫你去帮个忙。"舜听说是父亲的召唤，马上答应说："我一定早来！"还准备

把明天的事情推掉。

象走后，妻子娥皇、女英问他有什么事，舜便把修谷仓的事告诉了妻子，"不能去啊！他们要烧死你！"两位妻子心疼丈夫，大声叫道。

舜一听，为难了，爹叫去，怎能不去呢。娥皇、女英想了想说："不要紧，明天早上我们给你一件新衣服，穿上就不怕了。"

第二天，妻子拿出一套五彩鸟纹的衣服，舜穿上这件衣服就去替父亲修谷仓了。

后娘和象见舜满头大汗地赶来了，便迎上去，假惺惺地说："穿了一件花衣服，越来越好看了。"于是，后娘、象和瞽瞍把舜领到谷仓跟前，站在旁边等着看笑话。

舜爬上仓顶，老老实实地干起活来。哪知，弟弟早已在下面做了手脚，他抽掉梯子，从下面点燃了谷仓。舜上天不能，下地又没梯子，大火熊熊燃烧起来，眼看就要烧到仓顶。弟弟和后母看到舜惶恐绝望的表情，笑得前仰后合。

舜焦急万分,不料就在他张开手臂的一刹那,奇迹出现了。他身上五颜六色的鸟纹服舒展开来,他一下子化做了一只大鸟,展翅从火光中冲天而起,鸣叫着飞走了。在下面的象和后母看得都呆住了。瞽瞍也感觉情况不对,忙止住笑声,伸长耳朵想听听发生了什么事。过了一会,他们才回过神来,转过身,默默地走了。

舜化做大鸟飞回家里,与娥皇、女英相见,悲喜交加,禁不住流下了眼泪。

一计不成,象一家人又使出新的花招来。这天,瞽瞍亲自来找舜,装出一副可怜的样子向舜道歉说:"上次真对不起你,都是象那个小子出的坏主意,你千万别计较,明天去帮我淘井吧!"舜又答应了。娥皇、女英预感不妙,提醒舜说:"这次还是凶多吉少,你要小心才是。"第二天,妻子又为舜找来一件龙纹衣服,让他穿在里面,遇到危险时只需要把外衣脱掉就可以了,舜穿好衣服,告别娥皇、女英,给父亲淘井去了。

后娘和象见舜身上穿的是普通衣服,都很高兴,表面装出一副笑脸,又是检讨自己放火的错误,又是奉承舜,心里却盼着舜早点死。舜来到父亲的家中,下到了深井里,谁知刚一落地,石头、泥块一起倾倒了下来。很快,井就被石头、土块填满了。后娘和象在井上又是踏,又是蹬,高兴得大喊大叫。瞽瞍也躲在一边偷偷傻笑。机警的舜发现井旁有一条通道,他脱下外衣,变成了一条鳞甲闪光的龙,钻到水里逃了出去。

瞽瞍一家人以为诡计得逞,便跑到舜家去。"舜的两个妻子和这把琴归我,其余的全归你们。"象得意地说,随后抱着尧送给舜的琴,弹了起来。不明真相的娥皇、女英以为舜真的死了,两人痛哭起来,躲到了后屋。后娘和象趁机翻箱倒柜,把值钱的东西都集中到一堆。象得意地说:"这些房子、衣服、田地和牛羊统统归爸和妈。我只要两个嫂嫂当媳妇。"就在这时,舜大摇大摆地从外面走了进来,屋子里的人全都吓呆了。象反应比较快,急忙放下琴,慌张地说:"我们

正在想念你呢。"

　　经过这两次事变，舜并没有记恨父母，对他们仍然很孝顺，可是象还是不甘心。他们又备设酒宴，想请舜来把他灌醉以后杀掉。他们磨光了斧子，又来邀请舜，名义上说为前两次事件向他道歉，可娥皇、女英知道是怎么回事，她们用秘方给舜配制了一大盆洗澡水，让舜舒舒服服地洗个澡。

　　第二天，舜去赴宴，父母和象都热情地欢迎他，让他坐下，说了几句道歉的话，就请他喝酒。前三大杯酒，舜喝完只觉得口烧心辣，头脑乱哄哄的。但不一会儿，就感觉双脚都湿了，头脑也清醒了，口也不烧，心也不辣了，任凭你如何劝酒，舜都一饮而尽。最后酒喝干了，菜吃完了，其他人都醉成烂泥，可舜却毫无醉意，大摇大摆地走了。

　　以后，舜还是像过去一样和和气气地对待他的父母和弟弟，瞽瞍和象也不敢再暗害舜了。

嫘首作画

在中国，绘画的历史非常久远，最早可追溯到原始社会新石器时代的彩陶纹饰和岩画，原始绘画技巧虽幼稚，但已掌握了初步的造型能力，对动物、植物等动静形态亦能抓住主要特征，古人们就是用这些画来表达先民的信仰、愿望以及对于生活的美化装饰。那谁到底是第一个做画的人呢？在神话传说中也许你能找到答案。帝舜有一位妹妹名叫嫘首，以擅长绘画著称。嫘首被后人认为是中国绘画的始祖。

嫘首是舜同父异母的妹妹，她聪明伶俐，非常讨人喜欢。在舜还没有成帝之前，也对这个唯一的妹妹疼爱有加。后来舜为官了，变得发达了，就招来瞽叟一家人的嫉妒，其弟象还谋害舜，因为嫘首与象是一母同胞，自然在感情上向着自己的哥哥。

刚开始，嫘首并没有反对家人的做法，母亲和哥哥的所有计划她都非常清楚，但是她并没有告诉舜。后来，父兄接二连三地陷害舜，图谋舜的财富，嫘首感到非常厌恶。

一天，嫘首听到家人又在商量着怎么迫害舜，于是走过去生气地说："你们真是太过分了！舜那么善良和宽容，从来没有计较你们以前所做的事情，可是你们现在还是不肯放过他，难道我们一家人就不能好好相处吗？"

"你懂什么！别在这儿多管闲事，快回自己房间去！"象起身恶狠狠地说。

从此之后，嫘首弃恶从善，坚决站在了舜和嫂子们的一边。所以当一家人计划灌醉舜，然后加以杀害时，嫘首偷偷地跑到舜的家中，将这一阴谋告知了两位嫂嫂。

媒首有一双非常灵巧的手，以前，她每天都把哥哥舜猎回的动物画在洞窟中、居住处。媒首用自己的巧手将野牛、野马乃至大象画得栩栩如生，见过的人都夸赞她画得好。渐渐地，人们便把媒首做的画刻在岩洞中，铸在器皿上，逐渐形成了原始绘画，媒首的名字也就随着她的画越传越远。

　　后来，尧把王位正式传给了舜，消息传到舜的家乡，瞽瞍一家又嫉妒又害怕。有一天，舜穿着王服，带着两位娘娘回到故居，拜见他的父亲和母亲。瞽瞍一见舜就放声大哭，妹妹媒首眼里也含着泪水。舜不但没有计较一家人过去是怎样对待他的，反而把象封成了诸侯。一家人和和睦睦地叙说了一些事，然后舜辞别父母回宫。

　　临走时，舜对媒首说："妹妹，非常感谢你先前对我的帮助，我知道你很喜欢画画，而且画得也很不错，不如你和哥哥一起回宫吧，你可以在宫里施展自己的才华。"媒首听后非常激动，于是和舜一起回了王宫。

　　相传，舜的美德感动了天神，天神派了一只大象帮他种地。据说，大象用鼻子耕地，一天耕一大片。后来，耕地多了，舜一个人忙不过来，于是天神又派了群鸟帮他除草。

湘妃竹与湘水女神

湖南有一种特产,叫斑竹,又名湘妃竹。湘妃竹主要长在洞庭君山的斑竹山上,关于湘妃竹的来历,有一段凄美的故事,湘妃竹也因这段故事而誉满古今。传说舜帝到南方巡狩,走到湖南九嶷山时不幸病逝,他的两位妃子娥皇和女英听闻噩耗一路追至湘江边,痛哭不止,她们的清泪洒落在竹上,留下了斑斑痕迹。毛泽东同志于1961年也写下了脍炙人口的《七律·答友人》一诗:"斑竹一枝千滴泪,红霞万朵百重衣",表达了对二妃的同情和赞美。

尧选贤臣的时候,将两个女儿娥皇和女英嫁给了自己的接班人舜。娥皇、女英二人虽出生皇家,但她们并不贪图享乐,并且还非常贤惠温顺。舜很爱自己的这两个妻子,结婚后,他们一直都互敬互爱,夫妻感情非常融洽。每当舜遇到困难,都与两位妻子共同商量,与她们同甘共苦。

舜晚年的时候,到南方各个地方巡视,那时南方还没有开化,战乱接连爆发,人民苦不堪言。舜率大军浩浩荡荡开往南方,一方面平定战乱,一方面考察民情。舜在南方一路平定了战乱,最后来到了湖南九嶷山。由于这座山有9条十分相像的溪涧,人们走到这里都要迷路,所以叫九嶷山。相传九嶷山有9条恶龙,住在9座岩洞里,这9条恶龙经常到湘江去戏水玩乐,弄得洪水暴涨,庄稼被冲毁,房屋被冲塌。老百姓叫苦不迭,怨声载道。舜得知恶龙祸害百姓的消息后非常着急,他决心帮助百姓除害解难,惩治恶龙。

可是,他来到山上时,累得病倒了,不幸中途死在了野外,噩耗传来,举国悲哀,百姓如同失去父母一般。娥皇、女英伤心得肝肠寸断,她们马上乘坐车船去南方奔丧。

一天，她们来到了一个名叫三峰石的地方，这儿耸立着三块大石头，翠竹围绕，有一座珍珠贝垒成的高大的坟墓。她们感到惊异，便问附近的乡亲："是谁的坟墓如此壮观美丽？三块大石为何险峻地耸立？"乡亲们含着眼泪告诉她们："这便是舜帝的坟墓，他老人家从遥远的北方来到这里，帮助我们斩除了9条恶龙，人民过上了安乐的生活，可是他却流尽了汗水，淌干了心血，受苦受累病死在这里了。"原来，舜帝病逝之后，湘江的父老乡亲们为了感激舜帝的厚恩，特地为他修了这座坟墓。九嶷山上的一群仙鹤也为之感动了，它们朝朝夕夕地到南海衔来一颗颗灿烂夺目的珍珠，撒在舜帝的坟墓上，便成了这座珍珠坟墓。三块巨石，是舜帝除灭恶龙用的三齿耙插在地上变成的。

娥皇和女英得知实情后，难过极了，二人抱头痛哭起来。她们一直哭了九天九夜，她们的眼泪——洒在了九嶷山的竹子上，竹竿上便呈现出点点泪斑，有紫色的，有雪白的，还有血红血红的，这便是"湘妃竹"。竹子上有的像印有指纹，传说是二妃在竹子抹眼泪印上的；有的竹子上鲜红鲜红的血斑，便是两位妃子眼中流出来的血泪染成的。

有关湘妃的死，历来说法不一。有说二女投身湘江化做湘水女神；有说二女随大舜南巡，溺于湘江，还有说二妃因悲恸过度，不久泪尽身亡等。不管怎样，舜帝和湘妃的爱情都算得上是中国最古老和最感天动地的爱情。现今位于湖南省岳阳市君山上的湘妃墓、湘妃祠，都是祭奠她们英灵之处。

大禹治水

　　大禹是传说中的治水英雄。他第一个用疏导的办法，驯服了滔天洪水，使人们安居乐业，为中华民族的生存和发展，作出了巨大的贡献，因而受到了千秋万代的崇敬。

　　禹是夏朝的第一位天子，人们之所以称其为大禹，就因为他治理了滔天洪水，又划定中国国土为九州。大禹舍身为国，为了治理洪水，他不贪图安逸，终于完成了治水的艰巨任务，他的这种忘我牺牲的精神，正是我们中华民族最可宝贵的品质。

　　帝尧在位晚期，世间发生了一次非常严重的洪水灾害。滔滔洪水淹没了村庄和田野，使得百姓失去了住所和粮食，甚至有些人失去了生命。帝尧为此非常忧心，这时，他手下的大臣和百姓都推举鲧，说他对治理水患非常有经验，于是帝尧就交给鲧一些助手，让他去治理洪水。鲧带着助手们四处考察灾情，他发现这次洪灾情况的严重程度，远远超出他的预料。他采用堵的办法建筑堤坝来阻挡洪水，但洪水实在是太大了，他用了9年的时间还是没有治好。

　　就这样，一直到舜接替了尧的位置。舜发现鲧的治水工作没有一点成效，就把鲧处死了，让鲧的儿子——禹接替了治水的工作。禹立志要继承父亲的事业，把洪水彻底治理好。他找到了舜，要了一些人手，带领他们开山挖渠、疏导洪水。疏导到龙门山时，水流被大山挡住了入海的去路，禹下令全力开凿龙门山，他自己也拿起巨斧加入施工队伍。正当一切进行得很顺利的时候，水神共工却暗中指使一条乌龙前来捣乱。那乌龙本领十分高强，打个喷嚏都会使人间连降三天大雨，这样一来，禹刚疏导出去的洪水不但没少，反而越来越多起来。

　　禹很生气，不过他看得出来，乌龙是被共工利用了，于是他动之以

情,晓之以理,最终说服了乌龙。乌龙表示愿意帮禹治理洪水,禹很高兴,但经过这件事后他才明白,如果想治好洪水,必须先打败共工。

禹在会稽山会合天下众神,与共工一战。由于禹这一方号令整齐,众神神通广大,经过一番激烈的战斗后,共工一方被打得狼狈逃走,再也不敢来捣乱了。

打败共工以后,禹继续治理水患。禹仔细视察了河道,总结鲧失败的原因,并结合当时洪水的情况,想出了新的方案。一方面,他继续采用父亲筑堤的方法;另一方面,他决定疏通引导,把肆虐的洪水引到大海中去。

相传,禹是在新婚不久接到治水的任务,他来不及照顾妻子,便为了治水,到处奔波,"三过家门而不入"。第一次,他的妻子涂山氏生了病,他路过家门口,没有进去。第二次,妻子怀孕了,他路过家门口,也没有进去。第三次,他的妻子涂山氏生下了儿子启,孩子正在哇哇大哭,禹在门口听到了儿子的啼哭声,依旧狠下心没有进家门。

经过 13 年的努力,大禹带领老百姓开辟了无数的山,疏通了无数的河,修筑了无数的堤坝,使天下的河川都流向大海,终于根治了水患,而那些开凿的江河就形成了今天的大江大河。

禹凿龙门

开凿龙门是大禹治水的重要工程之一。传说禹开凿的龙门在陕西韩城与山西河津之间的龙门山，龙门两岸，石山壁立，形如巨门，黄河由此而南下山峡，是秦晋交界的重要关河之一。

相传龙门是四千年前大禹治水时开凿的，所以又叫"禹门"。禹凿龙门造福了黄河流域的百姓，这段故事也作为千古佳话被广为流传。禹门风景奇丽壮伟，清代大家顾炎武曾到河津龙门一游，作《龙门》诗一首，对禹凿龙门的不朽功绩，作了热情的颂扬。

禹的父亲鲧因为治水无功而被杀死在羽山，但奔腾的洪水并没有因为鲧的死而退却。肆虐的洪水，仍需要有人去降服。舜经过考察，举荐鲧的儿子禹去完成其父未竟的事业。

大禹一改父亲过往堵截治水的法子，而采取疏导的方法，顺水势从西向东导引着水流。当水流到山西河津县和陕西韩城市交界的龙门山时，被这座大山死死地挡住了。龙门山山势险峻，像屋脊一样横亘绵延，黄河的水流到这里只好倒回头往上流，以至将上游的孟门山都淹没了，眼看又要形成新的泛滥，大禹心急如焚。他登上山顶，看到了父亲鲧错开河道的遗迹，又看到无边无际的洪水淹没了山脚下广大的农田，便决心开凿龙门，让黄河西来的滔滔之水，从悬崖峭壁间奔流而过，大家纷纷赞成大禹的主张。

大禹调集了20万民夫，一声令下，臣民一起动手，大家挥舞石斧、石刀、骨铲，齐心协力，开山凿石。大禹身先士卒，奋力大干。他足踩之处，立即下陷，手到之处，坚石变软。他们辛辛苦苦地挖了一天，好容易挖了个大缺口，想不到隔了一夜，第二天又长平了。大家并不气馁，继续狠挖。这天挖的缺口既宽又深，但第三天又长平了。一连几天都是

这样，大禹只好暂时停工，打算向附近居住的百姓了解情况。

这天，大禹碰到一个身穿黄布袍的老人，他向老人深施一礼，问道："请问老者，这龙门山怎么挖了又能长平呢?"老人神秘地向脚下一指，说："此山乃龙门山也。"老人把"龙"字咬得特别重。大禹听了恍然大悟。原来这阻挡黄河入海的大山是一条巨龙，是它在这里兴风作浪。众人白天辛苦凿下来的石头，它到了晚上就吞入口中，经过细嚼之后，再喷到白天开凿的地方，那顽石变得比原来还坚硬，难怪石门怎么凿也凿不开。

大禹刚要拜谢那老人，可老人转瞬就不见了踪影。大禹这才知道见了山神爷。回去以后，他赶紧召集臣民，向大家说明真情，发动大家不分昼夜，不避风雨，连续不停地开凿，不让巨龙有一分一秒的喘息机会。经过连续奋战，龙门山被一劈为二，使它分跨在黄河的东西两岸，巨龙也被拦腰斩断了。黄河之水像久困的猛兽一样，冲出石门，浩浩荡荡地奔向大海。从此，黄河流域百姓才得以安居乐业。

人们为了纪念大禹劈山引水的功劳，便把河西的那座山称作禹王山，把河东边的那座山称作伯王山(伯就是崇伯，也就是禹王的父亲鲧)。

蛮龙归正

　　龙并不是中国特有的，许多民族都有关于龙的神话传说。但是像中国这样，以龙为荣、为尊，而且各种事物都多少跟龙有点关系的国家却是绝无仅有的。古人把龙看成神物、灵物，而且变化无常。关于龙的传说和神话，在中国古代经典著作中几乎每一本书都有。上至黄帝时代，便有黄帝乘龙升天、应龙助黄帝战胜蚩尤的传说；夏禹治水，便有神龙以尾巴画地成河道，疏导洪水的神话。

　　禹治水有三件法宝：一是伏羲给他的河图；二是天上的应龙用尾巴画地，给他指引方向，禹顺应龙画的线路，领着百姓开凿河道，疏导洪水；三是玄龟，玄龟把息石和息壤投到低洼的地方，息石长石，息壤长土，使地势加高。

　　大禹治水颇有成效，然而有一天，有人来报告，说昨夜看到有一条乌龙在坝边的洪水里兴风作浪。后来，大坝塌了，洪水又淹了田地。

　　应龙听见了，便降落在大禹面前，匍匐着说："那是条恶龙，快让我去消灭它！"

　　玄龟却向大禹摇着墨绿色的头。大禹问："玄龟啊，你有什么不同意见吗？"

　　玄龟说："那条乌龙有神力，别轻易丧了它的性命，倒不如去劝它弃邪归正，帮助禹王治水。"

　　于是，玄龟驮着大禹来到一座高山上，大禹看见了一条全身乌黑的巨龙，头上长着一对雪白耀眼的龙角，正在嬉戏翻腾。

　　大禹便高声喊道："哪里来的神龙？把我们的大坝搞塌了！"那乌龙像没听见似的，继续戏水。

大禹袖子一抖，取出一块小小的五彩息石，放在玄龟的尾尖上，那息石便立即成为一块斗大的巨石。玄龟把尾巴轻轻一挥，五彩息石正好落在乌龙脑门顶的两只龙角之间。

乌龙把头一昂，大笑说："这块小小的花石头，能把我怎么样？"

大禹说："我只想让你听我讲点理。"

乌龙说："我叫蛮龙，就是蛮不讲理的龙。你有理跟别人去讲吧！"

那五彩息石，悄无声息地膨胀变大。不一会儿便把蛮龙的两只龙角撑紧了，疼得它直摇头。尝到了苦头的蛮龙这才讨饶说："禹王呀，快把这块倒霉的花石头拿掉吧！"

大禹说："你肯听我讲理吗？"

蛮龙说："听就听吧！"

大禹一示意，玄龟一个倒吸，五彩息石被吸归原处。

大禹说："我奉舜王的嘱托，疏导洪水入海，一旦治好洪水，天下百姓安居乐业。这就是理！帮助我治水的，除了天下的黎民百姓，前有应龙，后有玄龟。你若帮助我治水，施展你的威力，使百川归海，便是你的功德了。这也是理。"

蛮龙被大禹说服了，它欣喜地腾上天空，听候大禹调遣。

禹与涂山氏

在中国上古神话中，夏族的始祖神为涂山氏，涂山氏就是大禹的妻子，传说为九尾狐狸精。夏族就是日后建立中国第一个王朝夏的一个部落集团。三皇时代，中国氏族部落最大的问题就是治水。禹继承了父亲鲧的事业，继续为民治水，后在治水中遇到了涂山之女——涂山氏女娇，并与其结为夫妻。禹治水期间，励精图治，呕心沥血，鞠躬尽瘁，为国为民立下了不朽功勋，而涂山氏辅佐禹治水有功，因而被赐涂氏之始。

禹因为治理洪水，忙得都顾不上自己的私事，直到三十多岁，还没有结婚。

当禹治水来到涂山（今浙江绍兴西北）后，忽然有一天，他心里产生了一个念头："我的年龄已经很大了，上天应该给我点什么预示了吧！"果然，就在此时，一条九尾白狐出现在他的面前，九尾狐是世间难见的吉祥之物，谁见到它都会遇到好事。

禹见到九尾狐后，想起当地的一首民谣来，它说的是：谁见了九条尾巴的白尾狐狸，谁就可以做国王；谁娶了涂山的女儿，谁就可以使家道兴旺。禹笑了笑，自言自语地说："难道我将要在涂山遇到我的结婚对象？"

有一天，禹正在测量河道，忽然看见前面有位美丽无比的姑娘，手里捧着一碗热水。禹慌忙接过碗，一饮而尽，原来这位姑娘便是涂山氏酋长的女儿女娇。女娇长得端庄秀美，禹觉得很合自己的心意，可是还没来得及向女娇表达自己的心意，便又出发去了南方。

禹走后，女娇才知道他就是治水的英雄禹，心里自然对禹充满了爱慕。她派使女到涂山南面的山口去等候禹归来，可等了很长时间还不

见禹的影子。女娇十分想念禹，便作了一首歌，唱道："慢慢地等待啊，多么长久哟。"据说，这就是我国最早的一首情歌。

禹终于回到了涂山，使女把女娇对他的情意转达给了禹，禹非常高兴，不久便和女娇在台桑这个地方结婚了。

禹和涂山氏在台桑新婚后的第四天，就接受了舜帝给他的使命再次出发治水。丈夫走后，女娇十分思念家乡，禹知道了，就派人给女娇筑了一个高台，女娇从此可以登高远望家乡。

禹治水三年，三过家门都不回家。有一天，他又从自家门口经过，因为事情紧急，顾不上回家。但他的妻子得知消息后，连忙骑马去追。她追上禹，要求留在他身边。禹吃惊地打量着女娇弱小的身躯，问道："你能做什么呢？"

女娇对禹说："我要跟你一起治水，我能给治水的人编草鞋。"

禹听后，高兴地答应了女娇的要求。从此，不论禹治水到哪里，女娇都跟着。

涂山化石生启

启是大禹的儿子。大禹死后，启即位为天子，夏启即位后，在钧台大宴各地首领。有扈氏对启破坏禅让制度的做法十分不满，拒不出席。夏启发兵对有扈氏进行征伐，大战于甘，有扈氏战败被灭。这次胜利，使新生的政权得到初步巩固，建立了中国第一个奴隶制的国家。大禹死后，启成为中国历史上由"禅让制"变为"世袭制"的第一人，在位共9年。从此，原始社会宣告结束，开始了中国历史上的奴隶社会。

大禹婚后美好的日子才过了4天，但由于肩负治水的重任，所以就不得不离开新婚的妻子，虽然大禹的心里对妻子也有万般不舍，也只能把女娇送到自己的封地安邑去了。

可是女娇在那里生活得并不习惯，还是整日整日地思念丈夫，担心他的安危，要知道治水可不是一件轻松的工作。禹知道以后，也心疼妻子，所以便在安邑为她修了一座高台，让她寂寞无聊时，望一望自己的家乡。

后来，她觉得日子过得太凄苦，当大禹回家看她时，她就坚决要求跟他一道前去治水，禹只好同意了。

这天，禹治水来到了镮辕山，这座山的山势尤为险峻，特别是山上的羊肠小道，非常难走。禹察看了一下山势，发现镮辕山挡住了水的通路，想要疏通水道，就必须打通它。但山势十分险峻很难开通，禹怕妻子跟着自己受累，于是，便对妻子说："你不要上山了，等我一敲鼓，你再给我送午饭来。"

看着妻子走后，大神禹一时想不出什么好办法开山，便化做了一头熊，用四只爪子拼命刨土。想尽快开一个山道，让水流通，但就在刨的

过程中，禹一不小心，他的后脚爪带起一块石头，不偏不歪正打在悬崖边的鼓上。大禹正聚精会神地开路，竟没有听见。但却让女娇给听见了，她还以为是丈夫提醒自己该送午饭了，就提着篮子急忙赶来。

当她来到山上时，大吃一惊，她万万没想到自己的丈夫会是一头熊，她大叫一声，丢了篮子便往山下跑，禹急忙去追女娇。他们两人一前一后，一逃一追，一直跑到嵩山下。女娇心里难过极了，她上气不接下气地跑，最后实在跑不动了，倒地变成了一块晶莹的大石。禹见妻子变成了石头，扑上去哭道："你快变回来吧！"但是石头纹丝不动。禹见妻子化成石头也不理睬他，又气又急，大声喊道："还我的儿子来！"于是，石头向北方裂开，生出一个儿子，禹给他起名叫"启"，"启"就是裂开的意思。

禹抱着儿子站起身来，伤心地看了石头最后一眼走了。他就这样糊里糊涂地走，也不知走了多长的路，忽然想起，自己还是一头大黑熊，慌忙变回原来的模样。

禹带着儿子，走遍了大江南北，终于治理好了洪水。舜见他治水有功，就将王位传给了他。他在位时，给人民办了很多好事。死后，化为一条虬龙，飞到天宫里去了。

弃的诞生

后稷是古代一位著名的农业神。他作为周民族的祖先,又被奉为百谷之神。《史记·周本纪》对他的身世记载很详细,说他名叫弃。传说有邰氏之女姜嫄踏巨人脚迹,怀孕而生,因一度被弃,所以他才叫弃。幼年时期的弃,就非常喜欢种植树木,他种的树木茂盛、麻菽丰美,后来成人了的他,特别喜好农耕。他又相地之宜,种植五谷,其成果也很丰硕。他还曾在尧舜时代当过农官,教民耕种,被认为是开始种稷和麦的人。

远古时代,有一个美丽富饶的地方叫邰,那里有个部落叫有邰氏。姜嫄是这个部落里人见人爱的姑娘,她既聪明又美丽。

有一天,姜嫄在家中呆烦了,就想去郊野游玩,所以她没给母亲打招呼就一个人跑了出去。郊外当然比家里好玩,那时正值冬季,外面刚刚下了一场雪,到处都是白茫茫的,就连河面也结了冰,姜嫄感到很新奇,就多玩了一会儿……玩着玩着,姜嫄跑累了,肚子也饿得咕咕叫,所以她就打算回家。

然而她在回家的路上,发现了一个巨大的脚印。姜嫄很好奇,也不知道是谁留下的,于是便试着用自己的脚去踏这个巨大的脚印,想量一下有多大。不料,她的脚刚一接触脚印拇趾的地方,就感觉身心都受到了震动,有一种说不出的感觉。过了一会儿,她才清醒过来,收回右脚,怀着莫名其妙的喜悦和害羞的心情往家跑。姜嫄跑回家,把路上的奇遇告诉母亲。不一会儿,她发觉自己的肚子大了起来,原来,姜嫄怀孕了。

母亲发现女儿的肚子大了起来,也吓慌了,连忙问她是怎么回事。父母一听,惊得没了主意,但他们怕被人笑话,不想让女儿把孩子生在家里,便决定让女儿骑上自家的骡子,到远远的地方去生孩子。

姜嫄只好让骡子驮着她往前走,骡子把姜嫄送到大脚印上,姜嫄便疼得昏过去了。她一醒来,孩子已经生下来了。姜嫄发现自己竟然生了一个圆圆的肉球,她害怕极了,偷偷地把肉球抛弃到一条狭窄的小巷里。可是,她有些恋恋不舍,一步一回头。走着走着,她停了下来,看见过路的牛羊全都小心翼翼地绕开肉球走,好像生怕踩着那个肉球似的,她赶紧过去,抱起肉球,想再抛得更远些。

她在路过一个小水池时,把肉球丢到了结冰的水面上。就在这时,奇事发生了,一只大鸟从远处飞来,绕着肉球盘旋悲鸣,最后竟落到了肉球的旁边,将一只翅膀盖在肉球的上面,另一只翅膀垫在肉球的下面,仿佛母亲怀抱婴儿一般。躲在旁边的姜嫄看到这一情景,便走过去想看个究竟,大鸟见有人来,鸣叫了一声便飞走了。

大鸟刚飞走,姜嫄就听到了孩子的啼哭声,姜嫄赶紧跑过去一看,一个胖乎乎的男孩正躺在裂开的肉球中啼哭呢。姜嫄又惊又喜,急忙抱起了孩子,小心翼翼地回家了。

因为这个男孩曾经被抛弃,所以姜嫄给他取名为"弃",弃就是后来周民族的祖先,人们尊称他为"后稷"。

后稷教稼

在中国的许多神话传说中，一些大有作为的人，其出生时也很不平凡。

相传，后稷刚诞生下来，就像一个肉球，把他的母亲姜嫄吓坏了，姜嫄还一度把后稷给扔掉，但终因不舍，而将其抚养长大。后稷也没辜负自己母亲的一番苦心，在幼年时就非常聪明，种树、种谷，到了成年还把自己耕种的心得与经验教给他人，与他人一同分享丰收的喜悦，为此还得到尧舜的重用。

后稷一生下来就不同凡响，虽然曾经被抛弃过，但这绝没有影响他的人生，相反，他很小的时候便有宏伟的志向。

一天，年少的弃做游戏时不小心碰倒了一地的麦粒。看着地上的麦粒，他心里很难过，觉得是自己伤害了这些植物，于是把麦粒种在泥土里。有心的他，还在种麦粒的地方作了记号，每隔几天，弃都要来看看有什么具体的变化。开始的几天，似乎一切都很平静，那块土地还和原来一样，可是过了一段时间，他惊奇地发现麦粒竟然长出了嫩芽，他觉得十分好奇，就天天来观察。

又过了一段时间，麦粒居然渐渐成熟了，他品尝着麦粒，觉得十分香。从此，弃不再喜欢和伙伴们玩游戏了，而是忙着学习种瓜种豆，他觉得这样非常有意义。

长大以后，弃看到父老乡亲们靠采摘野生植物为食，一遇到自然灾害便闹饥荒，心里想：如果我们能够开垦土地，然后种上可供食用的植物，食物问题不就解决了吗？

想到这里，弃立刻开始行动，他每天都出去查看土地的情况。看到宜于种植五谷的土地，就种上五谷；可以种植瓜果的地方，便种上瓜果。

同时,他还用木头和石块制造了一些简单的农具,教周围的人们耕田种地。

因为人们已习惯采集狩猎,还不适应弃的这一套,所以没有多少人愿意跟他学。可是,弃后来在农业上不断作出成绩,他靠种植收获的食物,显然要比靠采集野生植物收获得多,人们渐渐信服了,纷纷跟他学习种田。

弃的种子很快用完了,但是还有许多人从四面八方涌来。于是,弃准备了一个土台做讲台,给人们讲授耕种技术。弃指着台上的农具,一件一件地讲解制作技术和使用方法。

突然,天空中飞来100只五彩凤凰,每一只凤凰的嘴里都衔着一粒种子,纷纷向弃投下。弃捏起一粒种子,扔到了地上。忽然麦种金光四射,一粒麦种竟变成了9万万粒,堆得像一座山一样。弃扔完了100粒种子,每粒种子都由一粒变成了9万万粒。人们带着种子,欢天喜地地回家种田去了。

帝尧听说了这件事,非常高兴,就聘弃做了农师,要他来指导全国人民耕田种地。舜继承尧做国君以后,为表彰弃的功绩,就把邰这个地方封给了弃。

玄鸟生商

以神话传说来叙述本民族起源的，乃是一种常见的现象。中国及世界上其他国家均有这种情况。在远古的黄河之滨，中原的天空是那样的蔚蓝，一只"玄鸟"唱着歌儿从空中飞来，带给人们无尽的遐想——它是天的使者，原始部落的人们对它顶礼膜拜。一个叫简狄的女人，吞服"玄鸟"下的蛋后，怀孕生下一个儿子叫契。契就是传说中的商之始祖。《诗经·商颂·玄鸟》曰："天命玄鸟，降而生商。"这就是"玄鸟生商"的美丽故事。

传说帝喾有四个妃子，其中一个妃子名为有娀氏。有娀氏有两个非常美丽的女儿，大女儿名叫简狄，小女儿叫建疵。姐妹俩住在天帝为她们造的九重高台上，每天过着优雅闲适的生活。

有一天，有娀氏带着两个女儿到河边洗澡。由于她们是帝王的女儿，平时很少有机会到河边来玩，所以非常开心。天气温暖如春，艳阳高照，河里的水也非常清澈，简狄和建疵心里像乐开了花一样，跑着、闹着，后来两人干脆跳下水，在水中尽情地嬉戏起来。有娀氏看着两个女儿玩得十分开心，心里也非常高兴，但毕竟是母亲，不能和女儿一样玩耍，她便独自一人静静地坐在岸边等候着。

这时，天帝派了一只玄鸟来看望她们。玄鸟盘旋而来，在河面上的天空飞来飞去。本来两姐妹在水里玩得很高兴，但两姐妹看到这只可爱的玄鸟，非常高兴，她们争着捕捉这只玄鸟，经过一番努力，终于，把玄鸟捕到了筐底下罩了起来。这只玄鸟在筐里挣扎了一会儿，一点劲儿也没有了，只好老老实实地待在里面。

过了一会，她们两人试着打开筐罩，准备看看这只可爱的玄鸟。这只玄鸟羽毛光光亮亮，小巧美丽，还有那小小尖尖的嘴巴，非常可爱。两

姐妹看着玄鸟，越发喜欢，但想到广阔无边的天空才是玄鸟最好的家，心里突然掠过一丝同情，就想把玄鸟放掉。玄鸟似乎明白了她们的意思，于是从筐缝间飞逃而出，向北方飞去，而在筐中留下了一只光彩照人的玄鸟蛋。

姐姐简狄很喜欢这五颜六色的蛋，因为非常小巧，所以就把这玄鸟蛋常含在嘴里玩。有一天，妹妹看到姐姐独占了鸟蛋，想到玄鸟是她们一起抓的，玄鸟留下的蛋，当然也会有她一份，便跑过来与姐姐争夺。简狄看着妹妹要过来和她抢这"宝贝"，于是拿起鸟蛋就跑，一边跑，一边习惯性地把蛋放在嘴里。不料，前边有东西绊了简狄一下，简狄不小心将彩蛋一下子吞到了肚子里。

简狄吞下鸟蛋，心里一直闷闷不乐。又过了一段日子，简狄发觉自己变胖了，母亲也感到女儿的变化。她的肚子一天天地大了起来，不久便生下了一个可爱的男孩，简狄为他取名为"契"。

契长大以后很能干，大禹治水的时候，他还帮助过大禹，立下大功。帝舜就任命契做了司徒，也就是掌管教育的官，将他封到了商（今河南商丘一带）这个地方，赐姓"子氏"，"子氏"就是"燕氏"的意思。

后来的商王朝就是由契这一族发展起来的，因此，他们便自称"玄鸟生商"。契后来被他的子孙们尊称为玄王，也就是人们所称的帝俊。此后，商代人一直把玄鸟作为他们崇拜的图腾。

帝俊和他的儿女们

　　帝俊在中国古代神话中是一个谜一般的神性人物,他的事迹既不为正史所载,也不为诸子所传,只见于《山海经》之中。帝俊有三位妻子:羲和、常羲和娥皇。这三位妻子之中,尤以前两位更加伟大:羲和生了十日,常羲生了十二月。在帝俊神系中,引以为自豪的还有他诸多著名的子孙,这些子孙以自己的才智开创了人类的新时代,使他的部族从低级的蒙昧时代逐渐跨入野蛮时代,并向着文明时代挺进。

　　帝俊是东方民族的上帝之神。他是玄鸟的儿子,他的出生有一段神奇的经历。当时,在这片广袤的荒野上,有一群羽毛鲜艳的鸟儿。它们的外表很像鸡,但羽毛光泽明亮,宛若朵朵盛开的鲜花,人们给它们起了一个美丽的名字,叫五彩鸟。其实,也就是我们常说的凤凰。它们在大自然中生存繁衍。大自然的山水风情给它们提供了无忧无虑的生活场所。只要它们一出现,太平、吉祥就降临人间,所以,善良的人们视它们为吉利的象征,但是谁也没有见到过这些五彩鸟。

　　一天,帝俊的母亲,忽然发现一个玄鸟蛋落在地上,她又惊又喜。因为玄鸟就是五彩鸟的长辈。简狄吃了这个鸟蛋,不久便怀孕了,接着便生下了帝俊。

　　正因为是玄鸟的儿子,帝俊的模样也与众不同,他长着鸟头猕猴身,头上还有两个角,但是,帝俊只有一只脚。平日里,他要手拄拐杖,弓腰弯背,一拐一拐地走路,样子奇特而可怕,但在他的内心却充满着真挚的情感和仗义的性格。

　　帝俊常常从天而降,来到有五彩鸟的荒野上,看它们围在一起跳舞。看到高兴时,他还会一拐一拐地来到鸟群中,与五彩鸟们一起跳舞。日

子长了，帝俊和五彩鸟们就成为非常要好的朋友了。帝俊还把下方的两座神坛，交给五彩鸟去管理。在北方的荒野中，有一座帝俊的竹林，斩下竹的一节，剖开来就可以做船。尧的时候，十日并出，帝俊曾经赐给羿红色的弓，白色的箭，叫他到下方去拯救人民的困苦。

帝俊有三位妻子，其中一位叫娥皇，她生了许多儿女，但都奇形怪状，一头三身，形状骇人。

帝俊的第二个妻子叫羲和，是太阳女神，她所在的地方叫羲和国。她经常去东南海外的甘渊居住。她生了 10 个样子像太阳一般的儿子，这 10 个儿子非常聪明，同时也很调皮，他们的母亲羲和常用清凉的泉水为他们洗澡。

帝俊的第三个妻子叫常羲，是美丽的月亮女神。她生了 12 个样子像月亮一般的女儿，常羲也常用清澈的泉水为她的女儿们洗澡。

帝俊子孙众多，他们有很多发明创造。其中奚仲、吉光用木料制造车子；晏龙发明了乐器琴瑟；后稷会播种百谷；叔均则会使用牛耕。他们都对中华民族的进步作出了重大贡献。

蚕神的传说

在中国最古老的一部神话传奇《山海经》中，记叙了海外北方的一件奇观：在大踵东边一个叫欧丝之野的地方，生长着三棵高达百丈的大桑树，桑树旁跪着一个女子，不停地吐出丝来，供给人们使用。蚕桑农业在我国起源很早，相传黄帝时代，他的妻子嫘祖就开始教导人们养蚕制丝，后世人们祭祀她为"先蚕"。而民间传说的蚕神即蚕女。在江南民间，每年开始养蚕之前的正月十五日都会用猪肉稀饭祭祀蚕神，这已成为千年相延的传统风俗了。

传说，上古的时候，有位将军出门应征打仗，很久没有回家。家里没有别人，只有一个小女儿。这位将军出征以后，就音讯全无，他的女儿整日在家与一匹马为伴，生活过得非常寂寞，小女儿常常想念自己的父亲，期待父亲能快点回来。有一天，女儿又想自己的父亲了，于是就拍着马背半开玩笑地说："马啊，你如果能帮我把父亲找回来，我就嫁给你做妻子。"

谁知，马听了这句玩笑话，立刻跳跃起来，拉断了缰绳，往外就跑。一跑就是几天几夜，一直跑到了小姑娘父亲的驻地。父亲见自家的马跑来，又是惊异，又是欢喜，翻身骑上了马，一刻不停地回了家。

回到家后，女儿欣喜万分，待马比往常更好了，父亲也用上等草料喂养它。可是，这马却总是不大肯吃，看到小姑娘就又跳又踢，喜怒无常。父亲觉得不对劲，便问女儿是怎么一回事，女儿无奈地说出了自己的玩笑话。

父亲听后，气得板起面孔，说："唉，真不知羞，怎么能开这种玩笑。别说出去了，最近几天你也不要出门了。"

父亲又羞又气杀掉了马，将马皮剥下暴晒在庭院中。

有一天，父亲又出门了，女儿在马皮上玩。女儿突然自言自语地说："你是个畜生，怎么会产生和人结婚的念头呢！你看，你的下场多惨呀！"说着竟流下了几滴同情的泪。不料那晶莹的泪珠刚一落到马皮上，马皮卷了起来，带着将军的女儿飞升而去。

　　父亲回来后发现女儿不见了，于是四处寻找。几天后，终于在一棵大树上找到了全身裹着马皮的女儿，她已经变成了一条蠕蠕而动的虫子，还摆动着她马样的头，从嘴里吐出一条雪白而光亮的长长细丝，缠绕树间，人们便把它叫作"蚕"了。将军的小女儿也就做了蚕神，那马皮一直披在她的身上，再也掀不掉了。

　　后来，有个妇人把蚕结的茧带回了家。回到家不久，蚕茧里就钻出了蛾儿，蛾儿生下了很多籽儿，籽儿孵出了幼蚕。于是，人们开始养蚕，并把蚕爬的那棵树叫桑树。"桑"和"丧"为同音，以此纪念那位变成蚕的姑娘。

杜宇化鹃

　　在神秘的上古蜀国文化遗存里，尚有一个最有价值的故事未被破译和解读，这便是家喻户晓的一代蜀王杜宇化鹃的故事。这位帝王"从天而降"，然后教民农桑，兴建起了强大的古蜀国。然而，随着一个遥远国度的流浪者鳖灵的到来，深受蜀国子民爱戴的仁君杜宇王开始面临一个艰难的选择……最后蜀王杜宇的结局是隐居西山，而魂化为杜鹃鸟，千百年来，在川西坝子的上空徘徊，啼血化为漫山遍野的杜鹃花。

　　在很久以前，蜀国人烟稀少，农业生产也很落后。不过蜀国年轻的国王杜宇关爱百姓，经常带领大家开荒种地、挖渠灌溉。这位年轻而又仁慈的国王希望有一天能把蜀国建成一个天府之国，让自己的子民们都过上幸福的日子。

　　但有一年，蜀国来了一条恶龙，四处祸害百姓、毁坏庄稼，搅得整个蜀国不得安宁。国王杜宇对此很忧心，召集大臣们商量对策，可是商量了很久也没有好办法。杜宇心中烦闷，独自到郊外散步。

　　郊外有一座朱提山，山脚下有一条清江，杜宇不知不觉地便来到了江边。此时，原本阴沉的天空忽然变得湛蓝无比，正在杜宇诧异的时候，忽然有一道金光从空中射入江水中，这令杜宇更加震惊，而此后又出现了使他难以置信的事情：只见江水中缓缓飞出一个美丽的女子，她沐浴在金光下，仿佛天上的神女一般。女子走到杜宇面前，说："我叫利，知道你遇到了困难，特地赶来帮助你。"杜宇一听，急忙把利请回去。

　　第二天，利施展法术把恶龙打死了。随后她又和杜宇一起开荒种地。渐渐地，杜宇爱上了利，他们结为了夫妻。在利的协助下，杜宇终于将蜀国建成了一个物产丰饶的天府之国。

有一年，利不在蜀国，蜀国又闹了水灾，杜宇一筹莫展。一天，有人来向他禀报，说朱提山附近的江水中漂来了一具尸体。杜宇心想：上一次我就是在江水中得到利这样的奇人异士，这次可能也是的。

　　于是，杜宇让人把尸体打捞上来，奇怪的是，这个死人刚刚被捞上岸就复活了。他自称是楚国人，名叫鳖灵，擅长治水。杜宇一听，顿时大喜，任命鳖灵为宰相，负责治水。

　　鳖灵果然很有才能，没过几年就将水患治理成功了。杜宇见鳖灵德才兼备，自己也老了，便把帝位传给了鳖灵，然后带着妻子隐居西山。

　　有一天，杜宇隐约听到一些谣言，说他是因为做了对不起鳖灵的事，心中感到愧疚才把皇位禅让给鳖灵的。一向光明磊落的杜宇，听说后十分伤心，他每天都站在山上喃喃地说着：“不如归去！不如归去！”没多久就忧愤而死。

　　杜宇死后，化做了一只鸟，叫杜鹃，每到春天来临时，总是一声声地悲哀啼叫着：“不如归去！不如归去！”直到口里流出鲜血来。

夏启继位

夏朝是中国历史上第一个王朝时代。夏禹死后,他的儿子启继承了王位,成为中国历史上第一个帝王。从此,王位世袭制代替了禅让制,父死子继的家天下制度正式开始,使夏由一个部落之称而成了国名。禅让制反映了氏族社会中采用举荐贤能之人做首领的传统。这一传统的破坏,代之以父死子继的王位世袭制的一种全新制度。此后,原始社会的氏族公社制度已经彻底瓦解,国家的雏形在华夏大地上出现。

品德高尚的大禹因治水有功而深得万民的拥护。舜去世后,大禹接替他正式成为部落联盟的领袖,这就是夏朝的开始。夏朝是我国历史上的第一个朝代,大禹是夏朝的第一位国君。

大禹当上夏朝的国君后,从不忘自己肩负的重任,他十分重视天下的长治久安,虽然身居高位,却不贪图享乐。为了治理天下,他还经常外出巡游,了解民情。

大禹在巡视期间,发现有的部落的首领并不把他这个领袖放在眼里。他便下令各部落把所有的铜贡献出来,用这些铜铸成了9个大鼎,象征九州。九鼎的铸成,为夏禹树立起了至高的权威,使他在部落联盟中拥有无上的权力;九鼎的铸成,使他有机会把这权力强化和神圣化,使它更加巩固,以便把各部落统一在一起。

大禹晚年有一次在苗山(今浙江绍兴)召集各部落首领,想借商议大事之名再显示一下威风,巩固他对各部落的控制。说来也巧,这次大会刚开始,就给了大禹一个树立权威的机会,原来是离苗山不远的地方有一个部落,叫防风氏。这防风氏对大禹的权威并不膺服,因此诸侯大会召开时,他故意很晚才前来。大禹见此情况非常震怒,他下令处死了防

风氏。各部落的首领见大禹是这样的威严,于是个个都俯首帖耳,唯大禹之命是从。

但是禹由于辛劳过度、积劳成疾,在苗山一病不起,到了这年夏历八月,便与世长辞了。禹死的消息传出后,全国人民都十分悲痛。

禹还在世的时候,皋陶、伯益父子一直辅佐在禹的身边。禹代舜为华夏部落联盟领袖以后,曾想推荐皋陶为自己的接班人,可是皋陶在禹代舜没有多久就病死了。

在禹治水期间,伯益曾经是大禹治水的另外一名主要助手,发明过一种凿井的新方法。他擅长畜牧和狩猎,曾教会人们用火烧的办法来驱赶林中的野兽。所以,在当时人们的心目中,伯益是仅次于大禹的一位英雄。按照禅让制的惯例,禹在建国后,在皋陶去世的情况下,就选定了伯益作为自己的继承人。

然而,禹去世后,本应由伯益继任的,但国人发现禹的儿子启也很贤能,大家对他也是赞赏有加,再加上禹的功绩令人怀念,因此天下诸侯拜启不拜伯益,拥戴启为天子,于是启即了帝位。

伯益对此非常不满,他召集东夷部族率军向启杀来。启早有防备,经过一场大战,启击退了伯益的人马,并杀死了伯益,召集钧台(在今河南禹县)大会,宣布自己担任领袖职务,定都于阳翟(今河南禹县),正式建立起中国历史上第一个“家天下”的王朝。

太康失国

　　虽然启继承了王位，但由于当时传统的"禅让"观念并没有完全消除，使启的统治地位极不稳固，许多部族纷纷起兵反抗启的统治。为了巩固自己的政权和统治地位，确保"家天下"的局面，启动用多方军事力量，镇压叛乱。从而巩固了自己的政权。夏启的长子太康在夏启病逝后继位，却没有继承父辈的明德，成了一个昏庸的帝王，后被夏朝东夷有穷氏部落的首领后羿夺去了国家政权，最终落了个向东流浪、客死异乡的悲惨命运。

　　启在巩固了统治之后，又过了几年安稳日子，便生病去世了，他被葬在了安邑附近（山西境内）。夏启死后，他的大儿子太康按照世袭制继位为夏王。继位后，太康把都城从夏邑（今河南禹县）迁至伊洛河滨的斟寻（今河南偃师境）。太康是个十分昏庸的君主，他即位以后，并不像自己的父亲那样一心治理国家，而是沉迷于游玩，喜欢打猎，将国事放在了一边，他时常带领亲信、家眷到洛水一带去狩猎，纵情山水。

　　太康十分喜好饮酒，经常喝得酩酊大醉，被人搀扶回去。除此之外，他还迷恋歌舞，每当在野外游猎时，他总要带上一班歌舞伎，纵情欢娱，迷失在歌舞升平之中。太康有时外出一连数月，荒疏朝政，乐不思返。

　　太康的荒唐行为，激起人民的强烈不满，促使建立不久的夏朝内部矛盾日趋尖锐，外部四夷背叛。有人向太康进谏，劝他以天下百姓为重，可太康却对此置之不理，大家对太康非常失望。太康逐渐失去了民心，一些觊觎权位已久的诸侯有了可乘之机。

　　那个时候，黄河下游东夷族有个善射的部落叫"有穷氏"，其部落首领名为后羿，同样以善射而著称。传说后羿的臂膀出奇地粗壮长大，射出的箭支穿透力强，命中率高。鸟兽一旦被他射中，必死无疑。

这后羿是个野心勃勃的人，因为对太康十分不满，所以一心想寻找机会推翻他的统治。他看见了太康渡洛水游猎，认为是一个难得的好机会，于是亲自带兵，守住洛水北岸，挡住了太康的归路。

当太康满载猎物兴高采烈地回宫的时候，只见对岸全是后羿的军队，便慌忙派人过河探问，这才知道是后羿拦住他的归路，不让他回都。由于太康平日对各部落首领非常苛刻、残忍，大家对他荒唐的行为都很不满，因此谁也不来帮忙。太康追悔莫及。他回不了京都，只得流亡在洛水南岸，最后找了一个地方修筑了一座城住下来。后来此地就叫太康，他在这儿居住了约27年后病死。

后羿将太康逼得向东流亡以后，利用夏朝人民对太康不满的情绪，废黜了太康，夺取了夏王朝的政权。虽然后羿取代了太康，掌握了夏王朝的政事，但因夏族自大禹以来，在各地诸侯、方伯中的威望很高，后羿并没有完全得到诸侯、方伯们的拥护。为怕政权不稳，后羿不敢自立为王，另立太康的弟弟仲康为夏王，但把实权抓在自己手里，这就是历史上著名的"太康失国"。

寒浞杀后羿

"后羿代夏"是夏史的重要组成部分。后羿是东方夷族"有穷氏"的一个首领，他趁着夏君王太康出外游猎之机，夺取了夏朝的政权。后羿取得统治后，自恃善射，忙于游猎，将朝政委任给奸臣寒浞。寒浞在后羿外出游猎期间，积极培养自己的势力，在后羿外出游猎归来时，乘机把他杀死，自己独揽大权，还霸占了后羿的妻室。后羿部族统治集团取代夏王朝政权，入主中原约历40年，对夏王朝时期的社会以及文化造成了巨大的影响。

后羿取得夏政权，废黜太康后，立太康的弟弟仲康为王，自己则在仲康身后操纵着国家的实权，号令诸侯。仲康名义上在位13年，实际上仍由后羿专政。从上台伊始，仲康就不甘心做傀儡，他一心想夺回大权，曾派大司马胤侯去征伐后羿的党羽，试图削弱后羿的力量。但终因实力薄弱，后来反被后羿软禁起来，无力恢复夏的天下。仲康因此忧郁成病而死，葬在夏的都城安邑附近。

仲康病死后，由他的儿子相当上了夏王。相继位时，年龄还很幼小。此时的后羿再也不满足于做幕后的操纵者，因此，他带兵胁迫相退位，相迫于无奈，只得逃往帝丘，后又迁到斟灌（今山东省潍坊寿光附近）。

后羿赶走了相，自己坐上了王位。后羿原本是东夷有穷氏的部落首领，他有着一身善射的本领，但他同时也是一个残暴的统治者，他自恃有着强大的武力，对广大百姓作威作福。后羿继位后，同失国的太康一样，也是常常"不修民事"，只管田猎游乐，他把国家政事和兵权一并交给了自己最为信任的大将寒浞。

寒浞原为寒国（今山东省潍县东北）的一个奸诈子弟。寒这个地方，原是东夷部落的一个氏族的族居地，禹时臣服于夏王朝，封作方国。当

时寒的首领对寒浞的奸诈行为有所擦觉，对其很是厌恶，于是就把他从寒国驱逐出来。之后，寒浞流浪到有穷国，被后羿收养。

野心勃勃的寒浞有着一手吹拍的本领，百般向后羿献媚，为后羿出了不少吃喝玩乐的主意，深得后羿的宠信，认为是辅佐自己的人才。当后羿夺取夏政权以后，寒浞就以辅佐功臣自居，不但参与政事，而且还常进出后羿的宫闱，向后羿的妻妾献媚取宠，暗中勾搭。另外，他还对同僚们广泛行贿，交结人心，博取了大家的信任，而对广大民众，寒浞则进行欺骗愚弄。他千方百计地诱使后羿以田猎为乐，忘其政事。寒浞就是用这些方法来培植自己的势力，其目的就是要夺取后羿的国家权力和霸占其妻妾，使众人都服从于他。

但是后羿自恃其勇，毫不察觉，仍然经常外出打猎，把大权完全交给了寒浞。寒浞经过几年的准备，将后羿身边的亲信随从都收买好。有一天后羿出行打猎玩得正高兴，他的家将便乘机将他杀死。

后羿被杀以后，他的儿子也被杀死在城门口，于是寒浞夺取了有穷国的大权，霸占了后羿的妻妾和财产，自称有穷国王。

少康中兴

少康是中国夏朝的第六代王，一位很有作为的君王。从"太康失国"到"少康中兴"，前后近百年。如果说，夏朝的建立算是中国历代王朝最早之"兴"，夏启便是依靠权谋开国之枭雄，太康则成最早的昏君了。只有到了少康复国，夏朝才进入由"治"及"盛"的局面，出现了中兴的形势。少康中兴是中国史上首次"中兴"的时代。而少康复国，也是经过一番磨练和努力。他复国后，勤于政事，在他的治理下，天下安定，文化大盛。

寒浞在杀夏帝相的时候，相的儿子少康还没有出生。那时候，相的妻子正怀着孕，但被寒浞逼得没法，也顾不得尊严，就和随从一起从狗洞中爬了出来，逃到娘家有仍氏部落（今山东东平附近）。第二年，生下了遗腹子少康。

少康从小就很聪明，初懂人事后，母亲就告诉他祖上失国的惨痛经历，叮嘱他日后要复兴夏朝。少康从小在艰难的环境中长大，练了一身本领，立志要夺回天下。他先在外祖父手下担任管理畜牧的官，一有机会就学习带兵打仗的本领。寒浞得知这个情况，派其子浇前去追捕少康，有仍氏无力保护少康，少康被迫离开有仍，只身秘投到舜的后代有虞氏的部落。

有虞氏的首领虞思非常欣赏少康的才干，热心收留并盛情款待了少康，并把自己的两个女儿许配他。之后，虞思又赐给了少康一块名叫纶邑（今河南境内）的土地，让他耕种。纶邑方圆十里，西有嵩山，北有具茨，南临颍水，土地肥沃，气候宜人。少康从此有了安身之地，但他不甘心一辈子种田，于是就以这块小小的地盘为据点，秘密召集夏部落遗民前来和他会合，努力积蓄力量，积极做复国的准备工作。

当时，有个名叫靡的人，是一个忠于夏朝的大臣。当他听闻少康正在准备复国，便主动召集有鬲氏所有的兵士，与少康在斟灌和斟寻两地会合，拥戴少康为夏王，积极支持少康向寒浞发动进攻。

靡一方面先派儿子杼攻灭了寒浞的二儿子壹，以削弱敌方力量；另一方面又派将军女艾去侦察了寒浞的大儿子浇的虚实。待一切准备就绪后，他从纶邑出兵，向寒浞发动了猛烈的进攻。在靡的帮助下，少康的部众一路势如破竹，成功诛杀寒浞之后，少康乘胜前进，又相继消灭了浇的过国和豷的戈国，终于把王位夺了回来，重新建立起了夏朝的统治。

即位以后，少康开坛祭祖，叩谢天地，并如他之前立誓所言，封赏功臣，铲除奸佞，重振朝纲，免去诸侯们十年贡赋和许多苛捐杂税。他吸取了太康、后羿和寒浞的教训，屏弃王宫陋习，勤于政事，体察民情，大力发展农耕，在他治理下，天下安定，文化繁盛，各部落都拥戴他，夏朝再度恢复往日的兴盛。自太康失国到少康复国，夏朝王位丧亡数十年，至此终于恢复，这就是历史上著名的"少康中兴"，一度成为千古流传的佳话。

夏桀昏庸

在中国历史上，开明的君主非常之多，但也有非常残暴的君主，他们置天下百姓于不顾，只贪图自己享乐，荒疏朝政，但它们的结局都是相同的，不是被推翻政权，就是在战乱中死去。

夏桀是夏王朝的末代天子，也是中国历史上第一位残暴的君主，一个传奇式的人物。在历史上，夏桀以令人发指的残忍暴虐、荒淫奢侈而臭名昭著。他能力卓越、才干超群，却利用帝王的无上权力，祸国殃民，成为天下的公害。

公元前 16 世纪，夏朝的统治已延续了四百多年，这时终于迎来了历史上臭名昭著的亡国之君——夏桀。

夏桀身材魁梧、力大无穷，才智过人，但他的缺点是性情暴躁而残忍，动辄杀人，他把所有的聪明才智都用到了暴虐和享乐上。

夏桀酷喜声色，又好喝酒。为了供自己淫乐和享受，他不惜劳民伤财，残害人民。桀的暴行在各路诸侯中引起了诸多的不满和反抗。夏桀为了控制局势，就效法先祖以会聚诸侯之名来为自己树立威信，他下令在有仍这地方会见诸侯。桀召集有仍之会，一方面，要显示他是天子，仍有威力；另一方面，要向诸侯们敛财，征收贡物，供他挥霍。

桀发兵征伐有施氏，有施氏抵挡不住，进贡给他一个美女，名叫施妹喜。夏桀被施妹喜的美貌迷住了，当即满心欢喜下令撤军。夏桀对妹喜宠爱无比。他觉得原来的那些宫室都不配给妹喜居住，于是就下令征集民夫，为妹喜重新建造一座华丽的高大的宫殿，远远望去，浮云游动，好像宫殿要倾倒一样，这座宫殿因此被称为倾宫。倾宫内有琼室瑶台，象牙嵌的走廊，白玉雕的床榻，一切都奢华无比。夏桀每日陪妹喜在倾宫尽情享乐，根本不理朝政了。

施妹喜乐意听绸缎撕裂时发出的声音，夏桀便命令人们每天进贡一百匹绸缎，让宫女日夜在她身旁撕绸缎。

每逢他与妹喜登上倾宫，就命3000宫中美女一齐起舞。累了，就狂吃海喝取乐。

大臣关龙逢实在看不下去，就对其进行劝谏，夏桀怒不可遏，当即下令杀了关龙逢。

此后，夏桀更加肆无忌惮。他身边有一个名叫赵梁的小人，专门投桀所好，教桀如何享乐，如何残害百姓，夏桀因此非常重用他。他认为自己的统治永远不会灭亡。他说，天上有太阳，正像我有百姓一样，太阳会灭亡吗？太阳灭亡，我才会灭亡。老百姓叫苦连天，指着太阳咒骂夏桀说："你什么时候灭亡，我们情愿与你同归于尽。"

到了晚年，桀更加荒淫无度。太史令终古哭着进谏，桀不耐烦地斥责终古多管闲事，终古见夏桀已不可救药，就投奔了商汤。

就在夏朝开始走向没落的时候，商部落却日益兴旺了起来。后来，商汤起兵征讨夏桀。夏桀仓皇逃跑，结果被汤俘获。延续了四百多年的夏王朝就此结束，历史翻开了新的一页。

网开三面

　　商，是一个历史悠久的氏族部落，在漫长的发展过程中，它逐渐强盛起来，其第一个国君是商汤。汤起兵推翻了夏桀的暴政，建立了商朝。商汤灭夏后，成为黄河流域的主要统治者，势力发展很快。商汤作为殷王朝的开国帝王，不仅自身有很高的道德，受万民拥戴，而且能礼贤下士，任用如伊尹等一批贤能之臣。汤正是在这种内外协力、天下归心的情况下，建立了殷朝政权，并使这个政权在中原地区统治了六百年。

　　夏朝从禹开始，经过 15 代君王，到桀结束。从禹到桀，夏朝一共持续了四百多年的时间。约公元前 18 世纪中期，桀开始统治夏朝。他性格残暴，行为放荡，激起了人民的极度不满，商部落的首领汤不甘于桀的暴虐统治，于是争取民心，起来反抗。

　　由于商汤能够勤政爱民，国力日益雄厚，他的势力逐渐由黄河下游发展到中游，渗透到夏的统治地区，并且与邻国亲和，建立了强大的部落联盟，此时，商的部落虽是夏的臣服国，客观上却具备了与夏对峙的实力。作为一个贤明的君主，商汤礼贤下士，对人才非常敬重。他任用贤能不拘一格，有才能的人一旦被他发现了，不管身份贵贱，他都会将其安置到一个合适的位置。其妻陪嫁的奴隶伊尹就是一个很好的例子，伊尹是一个有着谋略和军事才能的人，商汤并不嫌弃他的出身，拜这个贤能的人为右相。在伊尹的辅佐下，他更加勤于政务，商的国力也日益强盛。

　　在夏朝还没有灭亡的时候，汤的仁义之名就已经传遍四方了。《史记·殷本纪》里记载了这样一个故事：一天，汤在一片开阔的田野里散步，遇到一个老人正在野外张网捕鸟。只见那人支开一张像巨笼般的

四面大网,喃喃地祷告说:"来吧,鸟儿们!飞到我的网里来。无论是飞得高的还是飞得低的,向东的还是向西的,所有的鸟儿都飞到我的网里来吧!"

商汤在一旁看到这种情景,忙走上前去说:"唉,不行啊!你把鸟儿都捕尽,那它们岂不是会灭绝?太残忍了!"

汤一边说,一边把老人布下的朝南、北、西方向的网收起,只留下朝东一个方向的,然后学着老人的样子,也拜了三拜,祷告道:"林中的鸟啊,你们自由地飞翔吧,朝哪里飞都可以,喜欢向左飞的,就向左飞;喜欢向右飞的,就向右飞;喜欢向上飞的,就向上飞;喜欢低飞的也可以。如果你真的厌倦了你的生活,那就飞进这张网吧!"

说完,他起身对那个老人和自己的一帮随从们说:"对待禽兽也要有仁德之心,不能捕尽捉绝,不听天命的,还是少数,我们要捕捉的就是那些不听天命的。"那个老人深受感动,就照汤的做法,收去三面的网,只留下一面。这就是流传到后世的"网开三面"的成语故事。这个成语亦作"网开一面",人们常常用它来比喻要用宽容的态度来对待人和事物,注意留给别人生存的机会。

商汤灭夏

夏王朝末年,亡国之君夏桀残暴无道,这时,中国历史上一位叱咤风云的人物——商汤应运而生。商汤是商族部落的首领,他宅心仁厚,重用贤臣伊尹,领导四方诸侯,运用战争的暴力手段,一举推翻垂死腐朽的夏朝,建立了商朝。商汤开以武力夺得天下的先例,使此后中国的历史变得多彩多姿,打破了天子之位不可变的定律。这是中国政治史上的第一次改革.,对后世中国带来深远的影响。

就在夏桀每日陪妹喜在倾宫尽情享乐的时候,黄河下游的商部落逐渐强大起来,它的首领姓子,名履,又名天乙,也就是日后的商汤。商部落兴起于黄河中下游,传说它的始祖契与禹同时。因为契协助大禹治水有功,受封于商地,并封契为司徒(掌管民户、土地徒役的辅政大臣),商族从此开始兴起。

商汤是契的第14代孙,初居于亳地(今河南省商丘县),是一个德才兼备的首领。作为夏代之诸侯,他亲眼目睹了夏桀的暴虐昏庸,决心推翻夏朝的统治。他表面上对桀服从,暗地里不断扩大自己的势力。

商汤以仁厚收揽人心,争取人民的支持,百姓们也都称赞商汤仁慈。因此,许多无家可归、无地可耕的难民纷纷投奔商汤,商汤的势力进一步壮大。为了推翻夏桀,剪除桀的羽翼。商汤采纳了贤臣伊尹的建议,大造舆论,历数夏桀的种种罪行,并号召夏的附属小国弃桀归商。对于那些不听劝告者,就先后出兵攻灭。

那时候,部落的贵族都是迷信鬼神的,把祭祀天地祖宗看作最要紧的事。商部落附近有一个部落叫葛,那儿的首领葛伯不按时祭祀。汤派人去责问葛伯。葛伯回答说:"我们这儿穷,没有牲口做祭品。"汤送

了一批牛羊给葛伯做祭品。葛伯把牛羊杀掉吃了，又不祭祀。汤又派人去责问，葛伯说："我没有粮食，拿什么来祭呢？"汤又派人帮助葛伯耕田，还派一些老弱的人给耕作的人送酒送饭，不料在半路上，葛伯把那些酒饭都抢走，还杀了一个送饭的小孩。葛伯这样做，激起了大家的公愤。汤抓住这件事，就出兵把葛伯先消灭了。征讨葛伯后，商汤又连续攻取了附近几个部落，他越战越强，征战11次均以胜利告终。

商汤就这样一点点瓦解掉夏的势力，以待灭夏的时机。夏朝的老百姓盼望商汤的军队前来征讨，就像大旱的日子盼望下雨一样。九夷中的一些部落也无法忍受夏桀的暴政统治，计划着叛变，商汤见时机成熟，就打算召集部众，出兵伐夏。

约公元前1600年，夏、商两军在鸣条（今河南商丘东，一说在山西运城）打了一仗，夏桀的军队被打得大败。商汤回师西亳（今河南偃师西），召开了众多诸侯参加的"景亳之命"大会，并得到3000诸侯的拥护，取得了天下共主的地位。就这样，在夏王朝的废墟之上，一个新的强盛的统治王朝——商建立了起来，这又是中国历史上一个强大的奴隶制王朝。

伊尹辅君

商汤建立商朝后，提拔了一位奇人为相，这个人就是伊尹。伊尹原是有莘氏家里的奴隶，他自幼聪明，勤学上进，虽耕于有莘国之野，但却乐尧舜之道；既掌握了烹调技术，又深懂治国之策。有莘氏女儿嫁给商汤时，把伊尹作为陪嫁奴隶，带到了商汤家。伊尹善于烹饪，到商后为汤掌厨，他利用奉汤进食的机会，给汤分析天下形势，历数夏桀暴政，进献灭夏建国的大计。后来，他得到汤的信任，被任命为右相，并帮助商汤完成了灭夏建商的事业。

　　商汤妻子带来的陪嫁奴隶中，有一个名叫伊尹的人。传说伊尹开始到商汤家的时候，因为做饭手艺了得，所以就做了厨师，专门负责商汤的饮食。伊尹每天使出浑身解数，尽心尽力地把饭菜做得甜美可口。一个月后，商汤赞不绝口，无论在王宫理政，还是外出巡视，都让伊尹跟着，为他烹调。有一天，商汤觉得伊尹做的菜既咸又苦，难以下咽。

　　商汤把伊尹召来询问原因，伊尹利用这难得的机会，用烹调打比方，说："做菜贵和而不贵同，不能太咸，也不能太淡，只有把各种味道不同的菜与作料搭配得合理，菜才甜美可口。治理天下与烹调一个道理，既不能操之过急，逼民太甚，也不能置之不理，不管不问，只有懂得如何调和各种矛盾，才能最终把事情办好。"伊尹这番深入浅出、旁敲侧击的话，在商汤的脑海里留下了深刻的印象。

　　以后，伊尹又向商汤谈了许多治国的道理，商汤觉得伊尹是个旷世奇才，让他呆在厨房里当厨师实在是太委屈他了。于是，就解除了伊尹的奴隶身份，任命他为右相，辅佐自己治国平天下。

　　商汤和伊尹商量讨伐夏桀的事。伊尹说："现在夏桀还有力量，我们先不去朝贡，试探一下，看他怎么样。"商汤按照伊尹的计策，停止了

对夏桀的进贡。夏桀果然大怒，命令九夷发兵攻打商汤。伊尹一看夷族还服从夏桀的指挥，赶快向夏桀请罪，恢复了进贡。

过了一年，九夷中一些部落忍受不了夏朝的压榨勒索，逐渐叛离夏朝，汤和伊尹才决定大举进攻。但要推翻一个王朝也不是一件简单的事。商汤和伊尹商量了一番，决定召集商军将士，由汤亲自跟大家誓师。汤说："我不是敢叛乱，实在是夏桀作恶多端，上天的意旨要我消灭他，我不敢不听从天命啊！"他接着又宣布了赏罚的纪律。经过鸣条一战，夏桀的军队被打败了。成汤灭夏之后，向四方扩展了统治区域，建立了中国历史上第二个奴隶制王朝——商朝。

商朝建立初期，伊尹帮助商汤制定了各种典章制度，他强调做国君的要始终如一地注意自身道德修养，不断更新自己的道德意识，使自己处于时时追求新的状态中。他还主张尊贤、用贤，用人适当。而做大臣的应上对天子负责，下保庶民安定。伊尹的一系列治国方针政策，使商朝初期的政治和经济都出现了繁荣的局面。

伊尹死的时候享年百岁，后继商朝君王以天子之礼安葬伊尹，以表达对他的敬意。

盘庚迁都

商汤建立商朝的时候，最早的国都在亳（今河南商丘）。由于商朝王族内部经常争夺王位，发生内乱；再加上黄河下游常常闹水灾，统治者不得不常常带领大家搬迁。有一次发大水，把都城全淹了，就不得不搬家。在商汤之后的三百多年间，迁都即达五次之多。当天子之位传到盘庚的时候，他克服种种阻挠，将都城迁到了殷。不同于以往，盘庚迁殷后，王室内部的政治纠纷得到解决，衰落的商朝出现了复兴的局面。

当商汤建立商王朝以后，大臣伊尹依旧辅佐在汤的身边，在汤之后他又先后辅佐了四代君王，使商朝一步步发展强大起来。然而就在伊尹死后，商朝进入了一段低迷时期。

第6代君王太庚沉迷于享乐，不理朝政。往后的几朝君王也都被太平盛世冲昏了头脑，眼看着商朝就这样开始日渐衰落。当时，贵族间和王室上层也纷争不断，加上黄河下游常常闹水灾，所以君王们不得不屡屡迁都。这样一来，不仅可以把对自己忠诚的臣子和亲信带走，而且还可以摆脱对自己王位有威胁的势力。

从第11代商王仲丁开始，商朝经过了四次迁都，最后迁到了奄，也就是山东曲阜一带。公元前1300年，商朝的天子之位传到了第20代，也就是盘庚的手中。由于长期的王位之争，加上频繁的天灾，国家面临着严重的危机。

盘庚是个非常有才能的君主，即位后，他把一门心思都放到了国家的治理上。面对日渐衰微的商王朝，盘庚忧心如焚。为了挽救商王朝的衰亡，盘庚决定再次迁都，以避免水灾，整治当时贵族中的奢靡之风。

可是，过惯了舒适生活的贵族们都不愿意搬迁，说要维护祖宗的宗

庙，说迁都不吉利，甚至有一部分有势力的贵族还煽动老百姓起来反对，事闹得很厉害。但是，这些并没有动摇盘庚迁都的决心，他一面稳定贵族，说服他们进行搬迁，一面安排选择新的都城地址。

为了选择合适的都城，盘庚亲自带着仆人和几位大臣沿着黄河向西行去。他们翻山越岭终于到达了一个叫殷（今河南安阳）的风水宝地。这里是中原地区的偏北部，西有太行屏障，东有黄河天险，四周地势平坦，水深土厚，是统领天下、号令群雄的理想之地。盘庚大喜，日夜兼程地赶回了奄，开始着手准备迁都之事。

一回到都城，盘庚立刻发布了迁都令，并亲自昭告天下说，他已经请巫师占卜过很多次，迁都顺应天意，有利于国家的安定和繁荣。谁要是再敢出来反对，就会受到严厉的惩罚。此后，再也没有人敢站出来反对了。

公元前 14 世纪，盘庚带领数万军民渡过黄河，穿山越岭，踏上了商王朝第五次迁都之路。都城终于从奄迁到了殷，正如盘庚所想，到了这里，经过他的整治，商朝的政治和经济都出现了一派新面貌。盘庚在位 28 年，在他之后的近 300 年，商朝的都城长时间设在殷。所以，商朝又被称为"殷"或"殷商"。

傅说拜相

　　傅说是我国殷商时期卓越的政治家、军事家、思想家及建筑科学家。他辅佐殷商高宗武丁安邦治国，形成了历史上有名"武丁中兴"的辉煌盛世。他的治国方略，改变了商朝持久的没落，他落难时所创造的"版筑"（俗称打墙）营造技术，是我国建筑科学史上的巨大成就，是人类建筑史上的巨大进步。高宗武丁尊他为"圣人"，就是品德最高尚、智慧最高超的人。历史上人们总把他敬之为"圣人""天神""梦父"及天策星。

　　盘庚迁殷以后，进行了一系列改革，大大巩固和加强了王权。政治、经济、文化逐渐有了好转。后来，由于武丁的父亲小乙（盘庚的弟弟）病重，于是武丁就继承了父亲的王位。

　　武丁是商朝第22代国王，在他小的时候，其父害怕他染上贵族的一些恶习，就把他送到民间，与平民的孩子一起相处，一块儿玩耍，一块儿干活；夏天，头顶烈日跟农民一起在田里耕种，冬天冒风雪跟樵夫一起上山砍柴。少年武丁很快就学会了一套生产劳动本领，同时也养成了简朴的生活习惯。更难得的是他和一些奴隶也交上了朋友，对奴隶艰苦的非人生活多少有些体察。

　　武丁是一位很有抱负的贤君。他继承王位后，一心想复兴商朝，做一个像先王成汤那样的国君。他想自己要复兴商朝，也要物色一个像伊尹那样的帮手。于是，他在登上王位后，对朝政上的一切事情不发表政见，全托给前朝的老臣甘盘等去处理，自己则深入民间体察民情，访贤求才，积极寻找将来能辅佐他的人。

　　再说那傅说，本是一个怀才不遇的隐者，因得不到重用，便到附近的傅岩隐居下来。傅岩在殷商时期是虞、虢两国交界处。此处两山高

耸，涧水中流，每年逢雨季涧水暴涨，道路被冲毁，行旅受阻。因此这里常驻一批"胥糜"（古代对奴隶的一种称谓，因被绳索牵着强迫劳动，故名），在此担负治水筑路的任务，他们的工作非常艰辛。傅说将其看在眼里，记在心上，决心解除奴隶们的痛苦。他通过具体参与，"代胥糜以供食"，终于摸索出一套"版筑"营造技术。减轻了胥糜的痛苦。

武丁在察访中得到这一消息，如获至宝。在虞地傅岩由掌管工程的"百工"（百官）引荐，召见了正在服劳役的刑徒傅说。傅说善于考察风土人情，洞悉民间痛苦，逐渐总结出一套安邦治国之策，所以一旦与武丁交谈起来便滔滔不绝，他不但说出了自己触犯奴隶主蒙冤受罪的事实，还分析出一切罪犯产生的社会原因。武丁听后坦率地承认朝廷有失治之处，人民得不到安居乐业才会做出违犯王法之事。傅说见武丁道出了王朝弊端，于是大胆倾心向武丁诉说兴利除弊的种种想法。武丁此时正是求贤若渴，听了傅说的话，发现他谈吐不凡，怀有大志，是一个难得的王佐之才，想让他作为自己的贤臣，辅助自己，以成霸业。

但是考虑到傅说是奴隶出身，即使自己愿意，恐怕在朝的大臣也不会答应一个奴隶成为国家的贤相。于是武丁就想出了一个办法，说是自己在梦中遇到"圣人"，而这个"圣人"和傅说长得一模一样。就这样武丁才把傅说请到了自己身边，辅佐自己，并实现了"武丁中兴"的局面。

纣王东征

商纣是商朝最后一任君王,名辛,是帝乙的儿子,史称纣王。纣王也是筷子的发明者,他曾平定东夷,使中原文化逐渐传播到长江、淮河流域,奠定中国统一的规模。

纣王虽然才力过人,但是不喜欢臣子的进谏,时常沉迷于酒色之中,还征收很重的徭役,制定残酷的重刑,这就导致了民怨四起。等到周武王东伐到了盟津的时候,许多诸侯都叛变了纣王;在牧野之战中,纣王的军队大败,而纣王也自焚于鹿台。

商朝的建立始于汤而终于纣,前后一共经历 17 代 30 位帝王,在这个历时六百年之久的朝代里,有许许多多的辉煌灿烂被后人所记住,像甲骨文、青铜器冶炼等。

可是,现今说起商王朝,似乎人们就会想起残暴的商纣王令人发指的种种暴行,的确,造酒池肉林、发明炮烙酷刑……这个残暴的亡国之君,最终背上了千古的骂名。

但在纣王刚刚继位的时候,他的叔父箕子和比干,时常用先公先王的赫赫功业,名臣贤相的诰言警语,劝谏教育纣王,纣王也曾励精图治,也期待为先王增光,宏振邦国。所以当时的政治还比较清明,四海也都比较归顺。除了江淮间的夷人,还时不时地进行内侵。

到了帝辛八年,人们在九月进行了占卜,说可以"征夷方"。于是,纣王就决心御驾亲征,彻底制服夷人,制止他们的内侵。

帝都的九月,风景迷人,加上刚好是收获的季节,沫邑的柿子树上挂满了红彤彤的柿子。但淇滨的竹林还依然保持着绿色,野外的风景是非常美丽,而这时的纣王,对于东征,也是满怀信心。

威风八面的纣王,身着戎装,在大臣的陪伴下,举行了告庙典礼,接

着在大校场杀牲祭旗。只见纣王军队的旌旗蔽天，戈戟耀日，气势十分威猛。纣王坐在四马拉的战车上，在车辚马萧声中，东征大军出淇水关，越过不断南流的淇水，跨过滔滔北流的大河，向通往黎邑（在今河南浚县东）的大道进发。

到了黎邑之后，纣王与诸侯发来的军队会合后，就举行了征东夷的誓师，接着，东征大军便直奔商邑（今河南商丘）。纣王的军队在商邑略事休息，到了第三天便向攸地（今安徽桐城县）挺近。到达攸地后，纣王接受了攸侯的参拜及军情的汇报。随后，纣王的大军在攸侯军队的前导下立即开赴前线。

大概是由于王师军容的盛壮，夷方闻风丧胆，仓皇远遁。纣王的军队只和东夷的盟国进行了小的交战，没有大的斩获。后来纣王的军队在夷方国域大肆威势之后，在第二年的年初，由前线返回攸地，再进入商邑。在商邑告庙后，纣王的大军便走上返国的道路。

在返国的途中，东征军遇上风景好的地方，便留连几日；碰上好的围场，便狩猎一番。边走边玩，兴致勃勃，直到春天，王师才回到沫都。

这次御驾亲征，大大增长了纣王的见识，提高了纣王的威望，同时也暗暗滋长了他骄横与逸乐的情绪。东征归来，沫都显得狭小了，纣王便决定扩沫都，并因城西的朝歌山，改沫都为朝歌。

由于纣王向东扩张，跟着中原文化也逐渐发展到东南，促进了江、淮地区文化的发展；同时也由于战俘的不断增加，从而大大地促进了殷王朝的农业、牧业和手工业的发展，提高了奴隶主贵族的生活水平。

酒池肉林

　　殷商是中国历史上极为强盛的时期,其疆域广袤,经济发达,国力强大,但到了纣王时期,却被周所灭。而商朝的最后一个帝王商纣,在刚刚继位时,重视农桑,社会生产力发展,国力强盛。但在位后期,居功自傲,耗巨资建鹿台,造酒池,悬肉为林,过着穷奢极欲的生活,使国库空虚。《史记·殷本纪》中称:"(纣)以酒为池,县(悬)肉为林,使男女裸相逐其间,为长夜之饮。"后人常用"酒池肉林"来形容生活奢侈,纵欲无度。

　　商纣王三十余岁时继承王位,当时商朝开国已经六百多年了,国力较为雄厚,物阜民丰。而纣王本人也血气方刚,英勇无比,不仅能手格猛兽,其神勇冠绝一时,而且又能言善辩,同时还兼通音律。但纣王也有其自身的缺点,那就是生性好美色,而且还刚愎自用,作为一代帝王,这两个缺点已经是致命的了。

　　看着自己从祖辈手中接过来的江山,虽然多娇,但纣王却不满足,凭着丰沛的国力与自己过剩的精力,纣王还大举向东南方发展,征服了土地肥沃的人方部族(今日的淮河流域),从而不仅拓宽了自己的疆野,同时也使国威远播。

　　在纣王在位的第30年,也就是公元前1047年,他又对有苏部落发动进攻。这时他已是60开外的人了。征伐有苏部落,载回的战利品之一就是妲己,当时纣王已经垂垂老矣,而妲己正值青春年少——眉宇清秀,身材姣好,浑身充满了朝气和活力,就像一朵含苞待放的花蕾。纣王看见了,不禁心生欢喜,他立即就把妲己带回自己的宫中,并立其为妃。

　　当时的商朝,已经从游牧社会进入农牧社会,十分迷信鬼神巫卜。为了酬神祭祀,时常载歌载舞,饮酒欢唱,甚至作长夜之饮,几至醉死,

宫廷如此,民间也是这样。

姐己进入帝辛的生活领域时,正是商朝国力如日中天的时候,那时新的都城正在风光明媚、气候宜人的朝歌(今河南淇县)建造起来,四方的才智之士与工匠,也纷纷向朝歌集中,非常热闹与繁荣。纣王对美人姐己更是宠爱有加。

在这之后,纣王几乎整天和姐己在后宫作乐,不理朝政。姐己喜欢什么他就想方设法让其高兴。姐己喜欢舞蹈音乐,纣王就命令宫中的乐师作出靡靡之乐,让许多宫女一起跳舞,整日地生活在酒色之中。

这还不够,纣王还令人在宫中挖了一个大池,给里面盛满了美酒,并在树上悬挂着肉,玩累了就吃点肉,再在酒池中喝酒……生活简直是奢靡到了极点。

最过分的是纣王的耳根子特别软,最听姐己的话,甚至到了"姐己之所誉贵之,姐己之所憎诛之"的地步,就是说姐己赞誉的都为贵,而姐己所憎恶的他就要让其消失。这样一来,天下就无法太平起来,老百姓埋怨,各诸侯反叛。

就这样,商朝的统治不断衰败,民怨四起,最终周武王率领军队,将商朝的统治推翻了。

比干之心

在中国几千年的官僚历史上，忠臣劝谏可谓是一道独特的风景，为人臣者因直谏而遭难甚至付出生命代价的几乎历朝历代都有。在商朝末期，忠臣比干就是因直言进谏，而遭到纣王的迫害。

比干是商纣王帝辛的同宗叔父，他忠君爱国并敢于直言劝谏，被称为"亘古忠臣"。这个位高权重的皇叔，虽然尽心尽力辅佐纣王治理朝政，却因纣王残暴、不肯纳其忠言而惨遭剖心的悲惨命运。比干忠谏被杀之事，为历代忠义之士所敬仰。

比干，又称王子比干，他是商王文丁的次子。文丁逝世后，由长子帝乙继位。比干由于自小聪慧，才德出众，年仅20岁的他就以太师（即丞相）高位辅佐帝乙，是殷商王朝的王室重臣。他从政四十多年，主张减轻赋税徭役，鼓励发展农牧业生产，提倡冶炼铸造，富国强兵。

帝乙死的时候，嘱托比干要尽心辅佐其子——幼主纣王，但纣王后来暴虐荒淫，横征暴敛，我行我素，根本不把比干这个同宗的叔父放在眼里。

纣王有个哥哥叫微子启，也被称作微子，他是长子。纣王刚即位不久，便暴露出了荒淫暴虐的本质，朝政混乱不堪。微子多次进谏，纣王都不予理睬。微子自知虽有意治国却无回天之术，所以就选择了逃亡。

除了比干，纣王还有个叔父，名叫箕子，他也曾多次向纣王进言纳谏，纣王同样置之不理，有人劝他离开都城，可是他不忍心这样做，他认为如果因为君主不听进谏而离开，只会更加彰显君主的过失。可是他深知纣王残暴的本性，为怕受到迫害，所以就开始披头散发，用装疯卖傻的方式来避祸。结果，被商纣罚去做奴隶。

比干看到箕子由于劝谏未果而去装疯卖傻，十分不屑，他认为，君

主暴虐却不劝谏,不是忠臣;怕死不说话,不是勇士。进谏不被采纳无非一死,起码也是至忠的表现。于是,他便进宫冒死谏言,一连三天都不肯离去。他对纣王说:"上天是为了人民,才安排一个君主来代替大众做主,并不是做了君主就可以随意虐待人民。现在您无休止地横征暴敛,压迫人民,人民已经忍受不住了。您整天住在深宫里,哪里知道人民的痛苦!现在国家已经到了十分危险的地步,眼看人心失尽了,国家也就要跟着灭亡了。我们的祖先当年艰苦创业才有了今天的殷商。现在您轻易就把国家葬送了,您对得起祖先吗?"

纣王听了,不觉恼羞成怒,他恶狠狠地责令比干退下。可是忠心耿耿的比干却不肯退让,他执拗地说:"您要是不肯改过,国家必然会灭亡。我不能坐等国亡。除非您下决心改过自新,我才会退下。"

纣王见比干如此倔强,更加生气了,大骂道:"照你这样说来,我是一个昏君,只有你才是圣人了?听说圣人的心七窍玲珑,我倒要把你的心挖出来看看是不是这样的!"就这样,比干被拉出去处以极刑。

当一颗血淋淋的还在跳动着的心被捧到商纣王面前时,宫仆们都掩面失色,只有残忍的纣王大笑不止。

一代忠良比干,选择了以死力谏,虽然他没有唤醒纣王,可是却以其鲜血让人们认清了纣王昏庸残暴的真实面目,为日后周武王伐纣增加了筹码。而比干个人的忠臣形象也为后人所钦佩和敬仰。

姜太公钓鱼

在中国的歇后语中，有这么一句："姜太公钓鱼——愿者上钩"。说的是这样一个故事：商纣暴虐，周文王决心推翻暴政。太公姜子牙受师傅之命，下界帮助文王。但姜子牙觉得自己和文王没有交情，很难获得文王赏识。于是在文王回都途中，在一河边，用没有鱼饵的直钩钓鱼。大家知道，鱼钩是弯的，但是姜子牙却用直钩、不用鱼饵，文王见到了，觉得这是奇人，于是主动跟他交谈，发现这真是个有用之才，便招入帐下。

商朝末年，渭水流域兴起了一个国名叫周的强国，周的祖先姓姬，历史很悠久。等到周文王继位的时候，因为祖先做过农师，周文王也十分地重视农业。他待人宽厚，对待老年人很尊敬，对待小孩很爱护，所以百姓都很拥护他。周文王特别尊重有本领的人，请他们帮助他治理国家。许多有本领的人纷纷来投奔他，因此他手下拥有许多文臣武将。

周文王见纣王昏庸残暴，丧失民心，就决定讨伐商朝。可是他身边缺少一个有军事才能的人来帮助他指挥作战。他暗暗想办法物色这种人才。

有一次，周文王外出打猎，在渭水的支流磻溪边上遇见了一位钓鱼的老人。老人须发斑白，看去有七八十岁了。奇怪的是他一边钓鱼，一边嘴里不断地唠叨："快上钩呀上钩！愿意上钩的快来上钩！"再一看，老人钓鱼的鱼钩离水面有三尺高，并且是直的，不是弯的，上面也没有钓饵。文王看了很纳闷，就过去和老人攀谈起来。

原来这老人本姓姜，因其先人被封于吕地，其子孙都以吕为氏。所以《史记》上称姜太公为吕尚。他曾在商朝的首都朝歌宰过牛，在黄河边上的孟津卖过酒。他不会做买卖，亏了本，所以到渭水边上来钓鱼，

其实是在等待贤明的君主来寻访他。

周文王在和吕尚的谈话中，发现吕尚是一个眼光远大、学问渊博的人。他上通天文，下知地理，对政治、军事各方面都很有研究，特别是对于当时的政治形势，分析得头头是道。他认为商朝的天下不会很长久了，应当有贤明的领袖出来推翻它，建立一个新的朝廷，让老百姓能过上舒服的日子。吕尚的话句句都说到了文王的心里。他本来就是为了想要推翻商朝，到处去寻找大贤人，这眼前的吕尚，不就是自己要寻访的大贤人吗？文王恳切地对吕尚说："我们盼望您很久了，请您到我们那里去，帮助我们治理国家吧！"说完就叫手下人赶过车子来邀请吕尚和自己一同上车，回到都城里去。

吕尚到了文王那里，先被立为国师，也就是最大的武官；后来升为国相，总管全国政治和军事。周文王的父亲太公季历在位的时候，就企望着吕尚这样的大贤人了，所以人们尊称吕尚为"太公望"。

姜太公果然是栋梁之才，他做了周文王的国相，帮助周文王整顿政治和军事，对内发展生产，使人民安居乐业；对外征服部族，开拓疆土，削弱商朝的力量。周文王在吕尚的辅佐下，先后打败了大戎、密须的部族，征服了嗜、阁等小国，并且吞并了从属于商朝的崇国等。

武王伐纣

　　周武王姬发是文王姬昌的儿子，自周文王姬昌逝世后，他一直作着各项积极的准备，以完成其父未竟的事业——伐商灭纣。姬发抓住时机，观兵盟津，大会八百诸侯。待到时机成熟，他亲自率领大军直捣朝歌，成功推翻了商王朝的统治，建立了中国历史上第三个奴隶制王朝——周朝。武王姬发也成为西周王朝的开国之君。武王伐纣是我国历史上的一件具有划时代意义的大事。它是商衰周兴的转折点。

　　周武王是周文王次子，姓姬名发。周文王去世后，姬发继承了王位，即位以后，姬发秉承其父的遗志，继续沿用富国强兵的政策，大力整顿内政，扩充兵力。他拜吕尚为军师，负责军事，同时又任命其弟周公旦、召公、毕公等人为助手，积极做着讨伐商纣王的准备。武王并没有立即向商发起进攻，而是团结了一切可以团结的力量，积蓄自己的实力。

　　经过了几年时间，为了试探当时天下的形势，他率领军队向东出发。当他的军队来到孟津（河南孟津东北），周围小国诸侯都不约而同地来到孟津会师。大家向武王提出，要他带领大家一起讨伐商纣，但武王审时度势，认为时机未到，便带兵回去了。

　　盟津观兵后，武王一面加紧练兵，一面派人去探听殷商的动向。这时，商纣的暴政越来越厉害了，殷商已是"谗恶近用、忠良远黜"。商纣王的叔叔比干被开胸挖心，他的兄弟箕子眼见纣王这么残忍，虽装疯卖傻逃过一劫，但仍然被罚为奴；而微子看商朝已经没有希望，只好离开朝歌，隐居起来；朝歌的广大百姓更是敢怒不敢言。

　　眼见商朝到了分崩离析的境地，纣王也已众叛亲离，武王觉得伐纣的时机已经成熟，于是，在公元前1027（一说为前1046年）年，发兵5万，

请精通兵法的吕尚做元帅，渡过黄河向东挺进。到了孟津，800名诸侯前来助战而再次会师。征讨前夕，武王举行一次誓师大会，他罗列了纣王荒淫无道、残害人民的种种暴行，鼓励大家同心同德一起伐纣。

根据《尚书·周书》记载，武王左手执掌象征军队指挥权的黄钺，右手又握着用以发号施令的牦尾杖，在吕尚和周公旦的左右护卫下登上土坛，向全体将士发表了被后人称为《牧誓》的著名誓词。

慷慨激昂的誓师结束后，讨商战斗正式拉开序幕。武王的讨纣大军士气旺盛，一路上势如破竹，很快就打到离朝歌仅仅70里的牧野。纣王听到消息，这才慌张起来，他整日荒于朝政，哪里有什么像样的军队可以迎战。于是，他临时拼凑了70万人马，由他亲自率领，到牧野迎战；而那70万商军有一大半是临时武装起来的奴隶和从东夷抓来的俘虏，他们平日受尽纣的压迫和虐待，早就恨透了纣王，谁也不想为他卖命。在牧野战场上，当周军勇猛进攻的时候，他们就掉转矛头，纷纷倒戈，向着自己的君王冲去。商朝的军队一时间无法抵挡，溃不成军。商纣慌忙逃回鹿台，自焚而死。

武王灭了商朝，之后把国都从丰搬到了镐京（陕西西安市西），建立了一个新的王朝——周王朝。

三监之乱

　　周武王灭商后为监管殷遗民而采取了不少措施。周武王攻下商都朝歌后，纣王被迫自尽，商朝灭亡，但商的奴隶主阶级仍保存了很强的实力。为加强对殷民的控制，巩固西周在中原地区的统治，武王封商王纣之子武庚于商都，并将商的王畿分为卫、鄘、邶 3 个封区，分别由武王弟管叔、蔡叔、霍叔去统治，以监视武庚，总称三监。而"三监之乱"是指西周初年商王畿地区的三位统治者叛乱的事件。

　　牧野之战周灭商后，为了统治商朝的遗民，周武王把商王朝直接控制的领地分为四个区：原殷都朝歌（今河南省淇县）为畿，封给纣王的儿子武庚（又名禄父）掌管。朝歌以东地区（今河南省郑州市一带）为卫，封给武王的弟弟管叔姬鲜掌管；朝歌以西地区（今河南省上蔡县一带）为鄘，封给武王的弟弟蔡叔姬度掌管；朝歌以北地区（今河南省汤阴县一带）为邶，封给武王弟霍叔姬处掌管，共同监视武庚，总称"三监"。

　　周灭商后第二年（约前 1045 年），周武王病逝，其子姬诵即位，也就是周成王。成王年幼，就由周公旦摄政，代成王行事。管叔因企图继王位，对周公旦摄政极为不满，于是散布流言，并煽动蔡叔、霍叔，怂恿武庚及东方诸方国，以"周公将不利于孺子"为借口，公开叛乱。周公旦面对来自内外两方面的敌对势力，多方权衡，决定平定"三监之乱"，兴师东征。

　　在东征之前，周公占了卜，并宣传动员了当时周朝的臣子，他说："周邦是靠上天的保佑才兴盛起来的，我们承受的是天命。为了这次出征，我又占卜了一次，卜兆表明，上天又要来帮助我们了，这是上天显示的威严，谁都不能违抗，你们应该顺从天意，帮助我成就这个伟大的事业。"

随后，周公就把东征的大军组织起来，并亲任统帅，挥师东征，平定三监。周师一到，"殷大震溃"，武庚被杀（一说败逃，不知所终）。周公同时分兵一路直取管叔驻地卫，迅速消灭了管叔的武装，占领了城邑，管叔也被杀死。接着周师攻克蔡叔驻地鄘，捉拿了蔡叔，并将其囚禁在郭凌（一作郭邻）。

周师击败武庚及"三监"之后，周公意欲扩大东征战果，一举消灭其他反叛力量。于是又挥师东南，进攻九夷。九夷诸小国实力不强，在周师的强大攻势下，节节败退，经过连续作战，九夷终被征服。

随后周军北上攻打奄国。周军占领奄国西、南两边邻国。奄国势孤，国君被迫投降。从此周的势力延伸到海边。

三监之乱后，使周初统治者更深刻地认识到封建亲戚、蕃屏周室的重要性。在武王分封的基础上，周公、成王再次大规模分封诸侯。

经过两次细致的分封，不仅使周人巩固了在原属殷商的广大地区的统治，而且扩大了周人的势力和影响，使周成为国力和疆域远远超过商朝的强大国家。

周公辅成王

　　从周朝开始，境内各个民族与部落不断融合，华夏族逐步形成，成为现代汉民族的前身。在周成王统治时期，天下太平，人民安居乐业，而这一切周公姬旦功不可没。周武王建立了周王朝以后，过了两年就害病死了。他的儿子姬诵继承王位，这就是周成王。武王的弟弟周公旦辅助成王掌管国家大事，他帮助周武王开创了周王朝800年的基业，他制定的《周礼》成为后来孔子儒家思想的重要内容，对我国民族文化传统的形成具有开山的意义。

　　当一个君王继位的时候只有13岁，他怎样才能将自己的国家管理得井井有条呢？特别是在政权建立不久，一些残留的势力还在蠢蠢欲动、伺机叛乱时……

　　周朝在建立初期就遇到了这样棘手的问题。周武王成功地攻下了商朝，在公元前1046年建立了周王朝。但在此时，刚刚建立起的周朝政权并没有完全稳定。武王在灭掉商朝的时候，并没有斩草除根，而是将纣王的儿子武庚留下，还给他封了诸侯，并将殷都朝歌的政务交给他管理。

　　此外，又传来了伯夷和叔齐饿死的消息，这伯夷和叔齐就是先前阻拦周军伐纣的两个老人。民间有一些不平之音，武王在世的时候也为此而苦恼过。

　　照这看来，周朝虽然已经建立，但由于是初期，所以民心还没有完全归向周朝。但是，武王身边还有一位贤人，他就是周公，周公是西周初杰出的政治家和军事家，被尊为儒学奠基人，孔子一生最崇敬的古代圣人之一。

　　武王听从周公旦的建议，开始分封诸侯国，但是在他还没有完成这

件事的时候就去世了。一个还不稳定的政权就这样转交到 13 岁的姬诵手上，他就是成王。

武王在临终前特意叮嘱周公，要他在日后好好辅佐成王，代理执政。周公辅政后，首先处理好了诸侯国的事情，接着又划定了王室奴隶主贵族的等级和特权。然后他又制定了详细的刑律，这主要是针对老百姓的。

对于国家的事情，周公真是没有辜负先王的嘱托，尽心尽力做到最好。甚至在吃饭的时候有人来报告事情，他会把已经入口的饭吐出来与其交谈。后来有一个成语叫"周公吐哺"，就是来源于此。

可即使是这样，王室中还是传来了对周公猜忌的声音，认为他有意独揽朝政大权，还要发动叛乱以夺取王位。这些谣言传到了成王耳朵里，年幼的成王自然慌乱起来，不知如何是好。周公得到此消息，先给成王举行了"冠礼"仪式，表示成王马上就可以亲政；另外，他将自己手中的权利转交给了太公和召公，自己则悄悄离开了镐京。

这时，就发生了"三监之乱"的事件，随后，周公就应召回到了镐京，并平定了这场战乱。后来，在镐京西边的洛邑，周公建起了一座新的都城，起名为成周。这里地处中原的中心，便于对中原的管理。

从成王继位之日起，周公事无巨细地帮成王处理着各类朝中大事。就这样一直过了七年，周王朝已经相当繁荣和稳固。当周成王 20 岁的时候，周公就把政权转交给了成王。

偃师造人

　　机器人，往往是科幻故事中常见的主角。但制造像人一样活动自如的机器人，不是现代人才有的梦想，人类的祖先很早就已经想到要创造能够根据人们的需求而行动的机器。在中外的古籍中，都有关于古人制作活灵活现的偶人的记载。而在东方的中国，关于机器人的传说就更为神奇。其中最为著名的，是出自《列子·汤问》中偃师造人的故事。偃师被认为是中国古代最出色的机械工程师之一，他曾经给大名鼎鼎的周穆王进献过一个偶人。

　　3000年前，周穆王就曾游历过西域。传说他与仙人西王母分手后，回国途中碰到一位名叫偃师的西域艺人。

　　他问偃师："你有些什么本领？"

　　偃师回答说："我听从大王您的旨意，您让我做什么，我就做什么，但我已经做好了一件东西，请大王看看。"

　　穆王说："明天将它带来，我和你一同观看。"

　　第二天，偃师带着造出的偶人一同来谒见周穆王，这个偶人和常人的外貌酷肖，周穆王一开始还以为只是偃师的随行之人，经过偃师的解说，才让这位神性极强的名王也惊奇万分。

　　那偶人前进、后退、前俯、后仰，动作和真人无一不像，掰动下巴，则能够曼声而歌，调动手臂便会摇摆起舞，简直就是千变万化，这让旁观者惊奇万分，周穆

王看得有趣过瘾，还让宠姬一起出来观看偃师和一个身穿奇装异服的
人同来谒见穆王，偃师说："这是我制造的一个会唱戏的人。"

　　演唱快要结束时，那偶人还向周穆王的妃子递一个飞眼，把周穆王
气坏了，他勃然大怒，命人马上将敢于愚弄他的偃师和怪人推出去斩首。
偃师吓呆了，赶紧把这个机器人肚子打开，原来里面的肠子、肚、心、肝、
腰、肺……外面的筋骨、牙齿、头发等，应有尽有，可是每样东西都是假
的。把这些假东西一件件拼凑起来，成为一个完整的人的时候，刚才那
副卖弄风情的样子又出现在眼前。

　　穆王大为惊诧，命人把怪人的心脏摘去，怪人立刻就唱不出歌来；
把肝脏摘去，怪人的眼睛就成了睁眼瞎、不会辨方向；把肾脏摘去，怪人
的脚就不能走动。穆王这才高兴地赞叹道："人工的巧妙竟可与大自然
的巧妙相比，真可谓是'巧夺天工'了。"

国人暴动

当周天子之位传到周穆王手里时，周王朝在西部的影响已扩展到很远的地区。但是穆王好大喜功，多次西征犬戎导致朝政废弛。到了周夷王统治时，王室更加衰微。此时，周王朝已经发展了二百多年，面临着严重的政治、经济和军事危机。第十位天子周厉王继位后，实施中国历史上第一次改革——推行"专利政策"，并由此引发了一场声势浩大的"国人暴动"。改革失败，周厉王被迫流放。从此，周天子的地位也开始动摇。

当周天子之位传到周穆王手里时，王室就更加衰微了。周夷王死后，他的儿子周厉王姬胡即位。厉王是个贪财爱利的暴君，他十分信任一个叫荣夷公的诸侯。荣夷公教唆厉王对一些重要的物产实行"专利"，由天子来直接控制。他们霸占了一切湖泊、河流，不准人民利用这些天然资源谋生；他们还勒索财物，虐待人民。

周厉王时期，住在野外的农夫被称为"野人"，而住在都城里的平民和奴隶则叫做"国人"。厉王这种巧取豪夺、变相搜刮民脂民膏的做法，等于是截断了人民赖以生存的活路，大家对此议论纷纷，表示不满；周都镐京的"国人"更是怨声载道。

大臣召穆公进宫劝谏厉王，厉王不听。他想用暴力堵住国人的嘴，暂时将矛盾压下去。为此，他派人去卫国请来很多巫师，卫巫为了讨好厉王，在镐京安排了许多密探监视老百姓，凡是有人在背后议论"专利"或者咒骂厉王的，一旦被发现，统统就抓起来杀头。厉王听信卫巫的报告，杀了不少国人。在这样的压力下，国人真的不敢在公开场合里议论了。怕招来杀身之祸，大家见面时，干脆一句话都不说，只是互相使个眼色，就匆匆走开，这就是"道路以目"。而厉王却以为是自己的手段起

到了作用，他沾沾自喜地对召公说："你看，我的办法多灵验，现在他们都不敢再乱说话了。"召公非常无奈，叹了一口气说："唉，这怎么行呢？堵住人的嘴，不让人说话，比堵住河流还要危险哪！若要硬堵住人的嘴，那是要闯大祸的呀！"厉王却不以为然，反而变本加厉地盘剥国人。

就这样过了 3 年，厉王的暴政越来越厉害，广大国人终于忍无可忍。于公元前 841 年，爆发了一场空前的大规模暴动。成千上万的国人如潮水一样围攻王宫，卫巫全部丧生，厉王慌忙逃出镐京，渡过黄河，逃到周朝的边境彘。国人攻入王宫，没有搜到厉王，愤怒的民众不肯就此罢休，他们决定找厉王的儿子去抵罪。太子姬静当时还是个孩子，他吓得赶快逃到召穆公家里躲起来。最后召穆公无奈，只好以自己的儿子冒充太子姬静，总算保住了姬静一命。

国人暴动倒是平息了，厉王被驱逐，而太子姬静暂时也不能出面，但国不可一日无君，于是，召穆公和另一个大臣周定公商量后，由他们两人共同管理朝政，暂时代替周天子行使职权，史学家称为"共和政治"。共和政治维持了 14 年，到了公元前 828 年，周厉王在彘凄凉地死去，太子姬静即位，他就是周宣王。宣王在政治上比较开明，得到诸侯的支持。但是经过国人暴动，周王朝的统治已经是英雄迟暮、日薄西山了。

烽火戏诸侯

公元前 771 年，是中国历史上极为重要的一年。就在这一年，犬戎部落进攻镐京。周幽王再燃烽火告急，但各地诸侯已无人肯出兵。镐京被攻破，褒姒被犬戎掳走，幽王被杀骊山脚下，西周至此灭亡。周幽王的儿子姬宜臼登上王位，他把都城从镐京迁到洛邑。因洛邑在镐京之东，历史上将周王朝迁都前称为"西周"，其后称为"东周"。一个全新的时代即将到来，旧秩序结束，整个中国都将陷入一场血腥的诸侯纷争的局面。

西周最后一位君主周幽王继位后，什么国家大事都不管，光知道吃喝玩乐，打发人到处找寻美女，大臣褒珦看不下去了，就几次进谏，却被周幽王关进监狱里。他的家人为把褒珦救出来，于是就在民间物色了一个美女，为她取名褒姒，教她唱歌跳舞，把她打扮起来，献给了幽王，替褒珦赎罪。幽王见到褒姒，高兴得不得了，当即就放了褒珦。可是这个褒姒天生就不爱笑，周幽王为了使她高兴，利用莫须有的罪名，废掉了他的结发妻子申后和太子姬宜臼，改封褒姒为王后，还立褒姒的亲生儿子伯服为太子。幽王满以为废嫡立庶就能博得褒姒的欢笑，但褒姒仍旧不开颜一笑。

有个叫虢石父的大臣，替幽王想出了一个馊主意，他让幽王把褒姒带到烽火台去，点燃烽火，戏弄诸侯。烽火台是古代用于点燃烟火传递重要军事消息的高台。如遇有敌情，白天施烟，夜间点火，台台相连传递信息。

幽王觉得虢石父的提议不错，于是就带着褒姒上了骊山。到了晚上，幽王命人把烽火点燃。刹那间，在黑暗的夜里，火焰直冲云霄。正在熟睡之中的诸侯们，突然从梦中惊醒，以为犬戎打过来，于是就匆匆

带领兵马,向骊山飞奔而来。幽王和褒姒站在骊山之巅,居高临下,见他们一个个惊慌失措的样子,周幽王大手一挥,告诉他们什么事也没有,让他们原路返回。褒姒见救国的烽火被如此儿戏,不禁嫣然一笑。博得美人一笑,幽王顿时心花怒放;而众诸侯受了周幽王的戏弄,对他恨之入骨,却也无奈,只好带领兵马原路返回。

以前被废的申王后的父亲是申国的诸侯,得知这个消息后非常愤怒,他联合蛮族犬戎部落进攻周朝的都城镐京。幽王听到犬戎进攻的消息,急忙下令把骊山上的烽火点起来,向众诸侯求救。遭屡受戏谑的诸侯以为又是昏君在讨好美人,按兵不动,随后镐京陷落,周幽王也被杀,褒姒被掳走。

周幽王一死,申侯就联合几个重要的诸侯国,把他的外孙姬宜臼扶上了王位,即周平王。由于镐京大部分已被犬戎部落占去了,平王便把都城迁到洛邑(今天的河南洛阳)。由于洛邑在镐京之东,因此,历史上将周王朝迁都前称为"西周",其后称为"东周"。从此,旧有秩序结束了,一个全新的时代拉开了帷幕,历史从此就进入一个五百多年的诸侯争霸的混乱时代。